김대겸 작가

김대겸 작가는 현실에 기반한 상상의 나래를 펼친다.
진지함과 적절한 유머의 조화를 좋아한다.

돼지고개 판타지

[김대겸 연작소설]

이 작품의 배경지 돼지고개(도적골)는
충남 서천군 기산면 광암리에서
한산면 지현리 사이의 실존하는 고개이다.

- 원삼국시대
- 조선시대
- 현대
- 에필로그

● 원삼국시대

『55년, 치리국국(致利鞠國)[1]의 한 대장간』

[띵! 띵! 띵!]

 강렬한 망치 소리가 대장간을 가득 메웠다. 한 여성이 빨갛게 달궈진 철덩이를 담력 있게 두드렸다. 여러 차례의 세밀한 작업을 거친 끝에, 그 철덩이는 반짝이는 철검으로 탈바꿈했다. 이 철검은 평범한 검과는 달랐다. 끝이 날카롭게 다듬어져 있어, 손만 대도 베일 정도였다. 완성된 철검을 들어본 제자들은 감탄을 터뜨릴 수밖에 없었다.

 - 스승님! 저는 아무리 해도 이런 작품을 못 만들겠어요!

 - 하루아침에 되겠니? 더 열심히 노력해!

 멋지게 삼두근이 갈라진 그녀는 대장간에서 가장 뛰어난 명장, 아쇠였다. 그녀의 남편 아철 역시 우수한 기술을 보유했다. 아쇠는 주로 무기 제작을 담당했고, 아철은 장신구와 생활용품 제작을 맡았다. 대장간 안에서 작업하고 있던 아철이 감탄 소리를 듣고 밖으로 나왔다.

 - 이번 작품은 꽤 잘 나왔나 봐?

---

1) 치리국국(致利鞠國) : 현 서천군 한산면, 마산면, 화양면, 기산면 일대에 있었다고 추정되는 마한의 소국(小國). 충남 서산시 지곡면, 부여군 석성면에 비정(批正)하기도 한다.

- 응, 군장[2]님께서 특별히 부탁하셔서 좀 더 신경을 썼어.

- 나도 이번에 주문받은 거울 제작 중인데, 어때? 봐봐.

거울이 깨끗하게 닦여 있어 아쇠와 아철의 얼굴이 그대로 비칠 정도로 밝고 영롱했다. 태양 빛을 받아 반사되는 광선이 사방으로 퍼져 나갔다. 아쇠가 웃으며 말했다.

- 와~ 정말 멋진 거울이네!

- 자기 것은 내가 따로 만들어 줄게.

아철은 반짝이는 청동 거울을 제자리에 놓고, 아쇠와 함께 제자를 모아 세웠다. 이 부부의 제자는 모두 10명이었다. 처음에는 제자가 이렇게 많지 않았다. 부부는 자기 실력을 떠벌리지 않고 그저 맡은 일에 충실하며 살아왔다. 그러던 어느 날, 그들이 제작한 검을 사용해 본 한 녀석이 그들의 제자가 되겠다고 찾아왔다. 원래 병사였던 망식이는 전투에서 그들의 검을 처음 사용해 봤는데, 바로 평범한 검이 아니라는 것을 깨달았다. 그는 검술에 소질이 있었으나 누군가를 해하는 게 내키지 않았다. 부부는 그의 진심을 인정하고 대장간 기술을 가르쳐 주었다. 첫 제자인 망식은 부지런하고 충실한 제자였다. 그가 만든 검과 농기구를 치리

---

2) 군장(君長) : 소국(小國)을 다스리는 우두머리, 여러 씨족(氏族)이 합쳐져 소국이 되었고, 여러 소국이 연계해 연맹왕국 마한(馬韓)을 이뤘다. 대체로 소국 규모는 오늘날의 군(郡) 단위 정도의 크기다.

국국 사람들이 쓰게 되면서 대장간 부부의 실력이 세간에 알려졌다. 소문을 듣고 마한의 여러 소국에서 제자가 되겠다고 하나, 둘 모여와 지금의 모습이 되었다.

 제자들과 스승의 실력 차이는 현저히 컸다. 아쇠와 아철은 평범한 대장장이가 아니었다. 같은 노력과 시간을 들여도 그들이 만들어내는 작품의 품질은 타의 추종을 불허했다. 사람들은 그들의 뛰어난 기술력이 마법 능력에서 비롯된 것이라고 믿었다. 아쇠의 먼 조상은, 이 지역에 청동기 기술을 처음으로 도입한 사람이었다. 그보다 더 먼 과거에 아철의 조상은 돌을 갈아 무기로 만든 사람이었다. 부부는 자신들에게 주어진 능력을 낭비하지 않고 계속 발전시켰다. 천재성과 성실함이 합쳐진 결과, 그들은 치리국국을 넘어 마한 최고의 대장장이가 되었다.

 이런 능력은 아쇠, 아철에게만 허락된 건 아니었다. 그들이 살던 시절, 아직은 지구 상에 사람이 넘치지 않아 대지의 기운이 풍부하여 모두가 마법 같은 능력을 갖출 수 있었다. 능력이 아직 드러나지 않은 사람이라면, 그것은 그의 시기가 아니거나, 스스로 노력이 부족했던 것이었다.

 안타깝게도 어느 시대에나 자기 능력을 성심껏 찾기보단 남의 것을 탐내는 사람들이 존재했다. 내면의 눈보다는 육안으로만 삶을 바라보는 사람들이 보통 그러했다. 부부의 제자 중 한 명인 만여임도 그랬다. 그녀는 제자 중 가장 마지막에 들어온 젊은 여성이었고, 아림국[3]에서 왔다. 여임은 항상 본인의 능력이 무엇인지 몰라 갈증을 느꼈다. 그녀가 아쇠와 아철에게 찾아온 이유 역시 대장장이로 성장하고 싶어서가 아니라, 자신에 대한 답답함을 해결하고자 하는 의지에서였다. 아쇠와 아철은 그녀의 천직이 대장장이가 아닌 것을 알아차렸지만, 그녀를 돕고 싶은 마음에 제자로 받아들였다. 그런데 여임은 그들의 은혜를 가볍게 여겼다.

어느 날, 여임이 아쇠에게 물었다.

- 스승님. 저는 제가 무엇을 잘하는지 모르겠어요. 검을 만들어도 제대로 나오지 않고, 농기구를 만들어도 형편없어요. 장신구도 마찬가지고요. 저 바다 건너 먼 나라에서는 이것저것을 합쳐 금까지 만들 수 있다는데, 저는 철 하나 제대로 다루지 못하고 있어요. 이 길이 제게 맞는 길인지 잘 모르겠어요.

잠잠히 듣던 아쇠가 여임에게 물었다.

- 여임아.

- 예?

- 오늘은 무엇을 만들었느냐.

---

[3] 아림국(兒林國) : 현 서천군 서천읍, 장항읍, 마서면, 시초면, 문산면 일대에 있었다고 추정되는 마한의 소국(小國)

- 아직 아무 작업도 하지 않았어요.

- 어제는?

- 철검을 만들었어요.

- 가져와 보거라.

 여임이 어제 만든 철검을 가져왔다. 아쇠가 검을 꼼꼼히 살펴보고 내려놓았다. 그녀는 대장간 안에서 자신이 만든 청동검을 꺼냈다. 그리곤 청동검을 머리 위로 들어 올리고, 철검을 향해 있는 힘껏 내리쳤다. 보통이라면 청동검이 철검보다 약해 부러져야 하지만, 아쇠의 청동검은 그대로 있었고, 여임의 철검이 두 동강 났다. 이 장면을 지켜보던 대장간의 모든 사람 사이에는 무거운 침묵이 흘렀다. 아쇠가 먼저 고요함을 깼다.

- 여임아, 네가 진심으로 노력하지 않았구나.

- 그렇지 않아요! 저는 정말 열심히 했다고요! 너무 억울해요!

- 진정으로 열심히 만든 철검이라면! 절대 청동검으로 깨지지 않아.

- 그게 아니라고요! 솔직히… 스승님은 마법을 사용해서 만드시는 거 아닌가요! 제가 부족한 게 아니라고요!

 여임이 울부짖었다. 자신이 만든 검이 사람들 앞에서 부서져서 부끄러웠고, 그보다 자신은 진심으로 노력했다고 믿었다. 아쇠는 여임의 불성실함이 못마땅했다. 제대로 노력하지 않고 결과만을 바라는 그런 제자를 보니 화가 났다.

 - 그래? 그렇다면 내가 묻는 말에 하나씩 모두 대답해 봐라. 풀무질은 몇 번이었고, 담금질은 몇 차례였으며, 얼마나, 어떤 강도로 이 검을 쳤냐! 갓 배운 녀석도 이것보다 훨씬 잘 만들겠다! 이건 노력을 안 한 것이 아니라 대충! 쉽게! 성과를 얻으려는 태도다!

 - 억울해요. 정말 억울하다고요!

 - 아직도 반성하지 않는구나. 이런 태도로는 네가 내 밑에서 배울 수 없다. 대장장이의 능력은 설렁설렁 얻어지는 것이 아니다. 다른 일을 찾아보거라.

 아쇠가 속상한 마음에 여임을 쫓아냈다. 여임은 미련 갖지 않고 일어섰다. 어차피 쉽게 성과를 얻는 스승은 자신을 이해하지 못할 테니까.

 '분명히 나에게도 어떤 능력이 있을 거야. 이 길은 나와 맞지 않아.'

여임은 흐느끼며 대장간을 떠났다. 마음의 억울함이 가시질 않았다. 오히려 세상에 대한 증오가 커져만 갔다. 아쇠와 아철 역시 그 증오의 대상이었다.

□■□■

그녀는 결국 고향으로 돌아왔다. 영취산[4] 동쪽 끝자락에 사는 여임의 아버지 만석반은 아림국의 식량창고를 관리하는 고위 간부였다. 여임의 어머니는 여임을 낳고 세상을 떠났다. 석반은 외동딸 여임을 금지옥엽으로 키웠다. 꽃을 보게 하였으나 흙은 만지지 못하게 했고, 맛있는 걸 먹였으나 요리는 못 하게 했다. 결국 여임은 온실 속 화초처럼 성장했다. 그녀의 뿌리는 약했다.

아림국의 군장 설추는 자신의 최측근인 석반을 식량창고 감독관으로 임명했다. 석반은 군장의 오른팔이었고, 아림국에서 많은 권력을 가지고 있었다. 한때 그는 한 씨족을 이끌던 씨족장이었다. 주변에서 존경과 동시에 질투도 많이 받는 석반이었지만, 설추의 총애에 힘입어 요직에 앉았다. 최근에 군장 설추는 식량 비축과 무기 생산에 심혈을 기울였다. 현재까지는 주변 국가들과 연맹을 맺고 있지만, 언제 그 연맹이 무너질지 알 수 없었다. 북쪽의 강력한 부

---

4) 영취산 : 현 서천군 서천읍 남산(南山)의 다른 이름. 서천 남산에는 남산성이 있었고 고려시대부터 조선 세종 때까지 서천의 관아가 있었다.

족이 큰 나라를 이루어 힘을 키우고 있다는 소문이 암암리에 퍼져 있었다. 설추는 백성들에게 지시했다.

- 싸우려면 먹을 것이 중요하다. 헌신하는 마음으로 식량을 내어주길 바란다.

 설추와 백성들의 노력으로 곡식 생산량이 미세하게 늘었지만, 인구 증가로 인해 식량은 항상 부족했다. 석반은 식량창고 비축량 증가를 위해 열심히 노력했다. 곡식 한 톨도 낭비하지 않고자 눈에 불을 켰다. 식량을 함부로 다루는 사람을 엄하게 벌했고, 식량을 훔치는 자의 손을 잘랐다. 그의 강력한 관리 아래 식량은 빠르게 증가했고, 식량을 보호하는 군사의 수도 늘어났다.
 아림국은 점점 발전하며 성장했다. 석반은 여임이 빨리 자신의 능력을 발견하여 아림국의 중요한 일원이 되기를 바랐다. 하지만 그의 기대와 달리 여임은 제대로 성장하지 못했다. 실력이 좋다는 치리국국의 대장장이 밑에서도 쫓겨난 여임을 보고 석반은 실망했다. 한편으론 그는 내심, 여임이 치리국국의 기술을 가져오기를 기대했었다. 석반은 답답한 마음에 여임을 불러 채근했다.

- 어떤 이유로 쫓겨났느냐?

- 그 대장장이들은 마법을 이용해 도구를 제작해요. 제가 따라갈 수 없는 영역이에요.

- 마법? 지금 마법이라고 했느냐? 아이고… 참나. 그래 그들이 마법을 사용한다 치자. 다른 제자들도 모두 마법을 사용하는 건 아니지 않으냐!

- 그러니 다들 그 모양이죠. 저랑 별 실력 차이도 없어요. 마법이나 이용해서 그 위치에 있는 사람들이 큰소리나 떵떵 치고…

- 여임아. 그렇게 해선 안 된다. 상대에 대한 존중이 없으면 배움도 없는 게다.
- 상대가 나를 존중하지 않을 때도 존중해야 하나요?

- 그게 아니다. 내 안의 능력은 스스로 겸손해야만 진정으로 드러난다. 네가 부족함을 외부의 원인으로만 돌리니 어찌 성장하겠느냐!

- 알겠어요. 그만 잔소리하세요.

- 네 이놈! 이제는 아비 말까지 듣지 않으려는 게냐! 대체 누굴 닮아서 그렇게 고집불통에 거만하기 짝이 없는 게냐!

- 아 몰라요! 진짜… 절 이렇게 낳아 놓고 이래라저래라 하지 마세요!

여임이 큰소리로 화를 내며 집을 나갔다. 석반은 멍하니

딸이 나간 자리를 바라보았다. 그는 딸이 못마땅했지만, 딸에게 안타까운 마음도 있었다. 핑계만 대는 딸을 지켜만 보고 있을 수 없었지만, 이렇게까지 화를 내면서 말할 건 아니었다고 석반은 후회했다. 여임이 돌아오면 따뜻하게 안아주어야겠다고 마음 약한 아버지는 생각했다. 여임이 뛰쳐나간 자리에는 아직도 따스한 온기가 느껴졌다.

 그러나 다음 날, 석반의 집에는 온기가 사라지고 서늘함만 남았다.

□■□■

 마을에 곡소리가 퍼졌다. 아림국의 식량창고가 약탈당했다. 침입자들은 창고를 지키는 병사들의 눈을 교묘하게 피해 많은 양의 곡식을 훔쳤다. 침입자 중 하나는 마지막에 석반에게 발각되어 도망치다가 석반을 찔렀다. 큰 소리를 듣고 병사들이 달려왔지만, 이미 석반이 숨을 거둔 뒤였다. 여임은 뒤늦게 집에 돌아와서 이 사실을 알게 되었다. 믿을 수 없는 상황에 그녀는 넋이 나갔다. 설추가 부하들과 함께 현장을 살폈다. 참혹한 현장에 그들은 말을 잃었다. 식량은 다시 모을 수 있지만, 석반을 다시 돌아오게 할 수는 없었다. 한참을 침묵한 설추가 목소리를 냈다.

 - 샅샅이 조사하라!

설추와 병사들은 사건 현장에서 증거를 찾기 위해 꼼꼼히 뒤졌다. 여임도 그제야 정신을 차리고 함께 조사에 참여했다. 그때, 여임만이 알아볼 수 있는 무기가 그녀의 눈에 띄었다. 석반이 공격당한 곳 바로 근처에서 피에 젖은 검이 버려져 있었다. 여임은 그 검이 치리국국 대장간에서 만든 검임을 알아차렸다. 떨리는 손으로 그녀가 검을 꽉 쥐고 무릎을 꿇었다. 여임이 소리를 지르며 울부짖었다.

- 다 죽여 버릴 거야!

주변 사람들이 급하게 여임을 말렸다. 여임의 분노가 치리국국과의 전쟁을 일으킬 수 있기 때문이었다. 설추는 일단 여임을 진정시키고, 곰곰이 생각한 뒤 머리를 저으며 말했다.

- 아직 확실하지 않다. 치리국국이 약탈한 것인지, 아니면 그저 그들의 무기를 사용한 것인지… 확실한 증거가 없다. 여임아, 진정해라. 꼭 범인을 찾아서 복수하겠다.

설추는 옆에 있는 병사에게 치리국국으로 가서 사건을 조사하라고 지시했다. 병사가 말을 타고 바로 떠났다. 여임이 멍하니 있으며 중얼거렸다.

- 복수하겠어. 반드시.

모든 사람이 현장에서 떠나고, 여임만이 오랫동안 그 자리에 머물렀다. 그날 이후로 마을 사람들은 그녀를 한동안 보지 못했다. 누구는 여임을 산에서 봤다고 하고, 또 다른 누군가는 여임이 집 밖으로 나오지 않고 있다고 했다.

 몇 주 후, 진상 조사를 위해 치리국국으로 갔던 병사가 주검으로 발견되었다. 병사의 말이 홀로 마을로 돌아오자, 설추는 뭔가 이상한 상황을 눈치채고 추가 병력을 보냈다. 파견된 병사들이 주검을 발견하자마자 군장에게 보고했다. 그는 치리국국 국읍[5]으로 가는 골짜기[6] 고개에서 미상의 공격을 받았다. 거대한 무언가에 강력하게 치인 흔적이 남아 있었다. 설추가 심각해져 자리에서 일어났다.

 - 이번에는 내가 직접 치리국국의 군장과 만나야겠다.

설추의 말에 측근 조복이 놀라 말했다.

 - 너무 위험합니다. 현재 치리국국의 상황을 제대로 파악하지 못했고, 군장님이 자리를 비울 때 아림국의 안전을 어떻게 보장하겠습니까?]

 - 내가 혹시나 변을 당하면 조복 자네가 아림국의 군장이 되어주게. 나는 자식도 없으니 물려줄 권세도 없다네.

 - 어떻게 그런 말씀을… 반드시 조심히 돌아오십시오.

---

5) 국읍(國邑) : 소국에서 중심인 읍락(邑落)
6) 골짜기 : 산과 산 사이에 패인 저지대 지형

설추는 만약의 사태를 대비하여 특별 훈련받은 군사들로 사절단을 꾸렸다. 그는 치리국국이 이 일에 연루되어 있을 거라고 생각하지 않았다. 만약 치리국국이 이번 일을 벌였다고 한다면, 마한 연맹의 보복이 따를 것이었다. 마한 연맹은 하루아침에 형성된 것이 아니라, 수년간의 신뢰와 관계를 바탕으로 형성된 체제였다. 그는 치리국국보단 다른 무언가, 아림국을 노리는 존재가 있다고 느꼈다. 하지만 현재 상황에서는 치리국국에 가야 했다. 최소한 무기가 어떻게 침입자의 손에 넘어갔는지는 조사해야 했다.

출정 전날 밤, 설추는 집안 대대로 내려오던 행운을 부르는 옥 목걸이를 꺼내 착용했다. 푸른 옥구슬이 가득 박힌 이 목걸이는 중앙에 투명한 직사각형 수정이 달려있었다. 수정에서 묘한 기운이 흘러나왔다. 그는 담담하게 목걸이를 착용했다.

□■□■

여임은 미친 사람처럼 산을 헤매고 다녔다. 영취산을 넘어 평야로, 그리고 다시 다른 산으로 향했다. 그녀에게는 목적지가 없었다. 여임은 울면서 나무를 헤집다가 갑자기 웃음을 터뜨리기도 하고, 휘청거리며 넘어질 듯하다가도 다시 중심을 잡고 뛰어갔다. 그녀로부터 발산되는 이상한 에너지에 산짐승들마저도 여임을 피했다. 그런 그녀의 앞에 누군가가 나타났다.

□■■■

 설추와 사절단은 어느새 병사가 살해당한 고개에 이르렀다. 치리국국의 국읍으로 가기 위해서 반드시 넘어가야 하는 이 골짜기 언덕은 길이 제대로 조성되어 있지 않았다. 나무가 빽빽하게 우거져 시야가 제대로 확보되지 않았다. 최근 이곳을 조사했던 병사들이 죽은 동료의 위치를 설추에게 설명해 주었다. 그곳에는 큰 나무가 넘어져 있었다. 그 나무가 병사를 덮쳤을 수 있다. 찜찜한 추정이었지만 모든 가능성을 열어두고, 사절단은 치리국국의 국읍으로 향하였다.

□■■■

 사람이 있을 거라고 예상 못 한 여임은 눈앞에 누군가 등장하자 까무러치게 놀랐다.

 - 누… 누구세요?

 - 너야말로 누구냐?

 농후한 목소리를 가진 여인이 되물었다. 여임은 그제야

정신을 찾고 주위를 둘러보았다. 앞에 있는 여인 외에는 특별히 다른 인기척이 느껴지지 않았다. 나무 사이로 들려오는 바람 소리만이 있을 뿐이었다. 그 여인은 키가 컸고, 일반 사람들과 달리 흰 옷을 입지 않고 검은색 천을 두르고 있었다.

- 누구냐고 물었잖니. 여기는 내가 지키는 땅이야. 넌 지금 무단침입 중이라고. 당장 누구인지 제대로 말하지 않으면, 너를 내 마음대로 처리할지도 몰라.

- 아… 저는…

갑자기 여임의 눈에서 눈물이 터져 나왔다. 나는 누구지? 이제는 누구의 자식인지 말할 부모도 없고, 자기가 뚜렷이 누구인지 모르는… 자신을 어떻게 설명해야 할지 모르는 현실이 해일처럼 슬픔으로 닥쳤다. 그녀가 가진 것은 자신의 이름밖에 없었다. 여임은 눈물을 닦고, 자기를 보고 당황한 여인을 바라보며 말했다.

- 죄송해요. 저는 만여임이에요.

- 갑자기 울고 그래, 당황스럽게. 내가 너무 무섭나?

- 아니요, 그것 때문이 아니에요.

여임이 자신의 처지를 털어놓았다. 그녀는 울다가 웃다

가, 화내다가 말다가 감정 기복이 가득한 채로 말했다. 여임의 말이 다 끝나기를 기다린 검은 옷의 여인이 의미심장하게 고개를 끄덕이며 자기 말을 꺼냈다.

- 내 이름은 월매야. 넌 내 후계자로 적격해 보이는군.

- 네? 후계자요? 갑자기 무슨…

- 외로움, 답답함… 그리고 증오. 모든 것을 다 갖추었어.

월매가 손뼉 치며 호탕하게 웃었다. 여임은 당황해 그녀를 바라보기만 했다.

- 넌 네 능력을 찾고 있다고 했지? 내가 네 능력을 찾아줄게. 자, 따라와.

그녀가 여임을 데리고 어떤 나무 앞에 섰다. 나무 옆에는 큰 움막이 있었다. 밖에서 볼 때 움막 안이 아무것도 보이지 않아 무서운 느낌이 났다. 그런데 사전 안내도 없이 월매가 여임의 팔을 잡고 움막으로 들어갔다.

- 으악! 천천히 가세요!

움막 안은 밖에서 상상했던 것보다 훨씬 넓었다. 움막에는 시큼한 냄새가 났다. 여러 건초가 펴져 있고, 솥에서는

물이 끓고 있었다. 움막 뒤쪽에는 여러 개의 돼지머리가 각각의 꼬챙이에 걸려있었다.

 - 여긴 내가 사는 곳이야. 사람들을 피해 여기 살아.

여임이 돼지머리에서 눈을 못 떼고 질문했다.

 - 왜 사람을 피하시는 거예요? 무슨 일이 있었어요?

 - 사람을 해쳤거든.

 - 네?

여임이 놀라 월매의 얼굴을 바라봤다. 밖에서 봤던 월매의 모습과 달리 눈이 깊게 들어가 있었고, 눈 밑에는 짙은 그림자가 있었다. 걸치고 있던 검은 천을 풀어 헤치자, 안에 있던 물까치 떼가 밖으로 나가 나뭇가지를 뒤덮었다. 물까치들은 소리를 지르며 날아다녔다. 월매가 새들을 향해 손짓하자 물까치들이 돼지머리를 향해 달려들었고, 곧 머리는 뼈만 남았다. 여임은 월매가 무섭게 느껴져 뒷걸음질 쳤다.

 - 어디 가려고? 나갈 수 있을 거로 생각하니?

월매가 실실 웃으며 여임의 어깨에 손을 얹었다. 여임은 두려움에 이를 악물었다.

- 내가 말했잖아. 넌 내 후계자가 될 거라고.

- …

 여임이 말을 잇지 못했다. 공포에 몸이 굳어버렸다. 물까치 한 마리가 여임의 어깨에 앉자, 놀란 여임이 소리를 질렀다. 그 모습을 보고 월매가 크게 웃었다.

- 넌 겁이 너무 많아. 의지도 약하고. 그런 네가 뭘 할 수 있겠니?

 여임이 월매의 도발에 두 주먹을 꽉 쥐었다. 월매는 별 신경 안 쓰고 건초 여러 개를 집어 솥 안에 넣었다. 쓸쓸히 솥을 바라보며 그녀는 어쩌다 자신이 이렇게 됐는지 이야기했다.

- 나는 비미국[7]에서 약초를 연구하던 사람이었어. 아픈 사람들을 위해 약초를 조합하고 때로는 여러 요법으로 병자를 치료했지.

- … 좋은 일을 하셨네요.

- 그랬었지. 하지만 좋은 일을 한다고 해서 꼭 좋은 일이 찾아오는 것은 아니더라고.

---
7) 비미국(卑彌國) : 현 서천군 판교면, 종천면, 비인면, 서면 일대에 있었다고 추정되는 마한의 소국(小國)

□■□■

 월매는 비미국의 유명한 약사였다. 그녀는 그 누구보다도 약초에 대한 지식이 풍부했으며, 그녀의 솜씨로 치료받은 많은 사람으로부터 사랑받았다. 그러던 어느 날, 월매에게 한 남자가 찾아왔다. 그의 눈에는 절망과 두려움이 가득 차 있었다.

 - 제 아내가 죽어가고 있어요… 도와주세요.

 그의 목소리가 떨리고 있었고, 두 눈에서는 눈물이 흘러내렸다. 월매는 그의 부탁을 듣고는 그 자리에서 하던 일을 잠시 중단했다. 그녀는 빠르게 약초들을 챙겨 담고, 그 남자가 이끄는 대로 그의 집으로 달려갔다. 그러나 아내의 병은 너무나 악화해 있었다. 월매가 최선을 다했지만 결국 아내는 죽고 말았다.

 남자는 아내의 죽음을 받아들이지 못했다. 그가 월매에게 이기적인 요구와 협박을 했다.

 - 너는 꼭 살려내야 해. 넌 할 수 있어. 만약 그렇게 못한다면, 너도 이곳에서 살아 나가지 못할 거야!

 그의 목소리는 절망과 분노로 가득 차 있었다. 남자는 냉정하고 진지했다. 월매는 공포에 휩싸였다. 그에게 이미 죽은 사람이라 어쩔 수 없다고 말했지만, 칼이 목 옆으로 다가왔다. 그녀는 어떻게든 살아 나갈 길을 찾아야 했기에 거짓말을 했다. 다시 살릴 방법이 있다고…

 월매가 솥에 약초를 넣어 끓이기 시작했다. 그녀의 눈빛은 흔들리지 않았다. 월매는 옆의 작은 토기에 따로 물을 채워 넣고 또 다른 약초를 끓였다. 작은 토기에 담긴 물의 기포가 먼저 뿜어져 나왔다. 월매가 남자에게 작은 토기를 내밀었다.

 - 이걸 마시고 잠시 안정하세요. 곧 약이 만들어질 겁니다.

 그녀의 목소리는 고요하고 차분했다. 남자는 월매의 말에 의심의 여지 없이 받아 마셨다. 그러자 그의 얼굴이 창백해지고, 입에서는 하얀 거품이 흘러나왔다. 월매가 그를 잠시 기절시켰다. 그때까지만 하더라도 그녀는 그를 기절시킨 줄 알았다.

 월매는 남자가 다시 깨어나기 전에 거칠게 숨을 몰아쉬며 급히 짐을 챙겼다. 그녀가 집을 빠져나갈 때, 무심코 근처를 지나가던 마을 사람이 그 모습을 보게 되었다. 그의 눈은 그녀가 누군지를 기억했다.

 다음 날, 비미국 군사들과 목격자가 월매의 집에 찾아왔다. 그 집에서 쓰러진 부부를 발견한 것은 밖에서 놀다가 집으로 돌아온 어린 아들이었다. 목격자는 월매가 그 집에서 나간 것을 확실히 봤다며 그녀를 살인자로 고발했다. 월매는 자신이 아니라고 주장했다.

- 아니에요! 그럴 리가 없어요!

- 그들은 모두 죽은 채로 발견되었다. 왜 그들을 죽인 게냐!

 월매가 군사들에게 사정을 설명했지만, 소용없었다. 군사들에게 포박당한 월매는 자신이 이런 식으로 끌려가면 결국 처벌받아 죽게 될 것을 알았다. 연행되는 길에 호수가 보였다. 월매는 감시가 약해진 틈을 타 군사들을 피해 호수로 뛰어들었다. 그녀가 한동안 물 밖으로 나타나지 않자, 모두 월매가 죽었다고 판단했다.

 월매는 한참 뒤에 눈을 떴다. 그녀는 마을로 돌아가는 대신, 자연 속에서 살아가기로 했다. 풀과 꽃, 모든 것이 그녀에게는 친숙했다. 월매는 이제 사람을 살리는 것이 아니라, 보다 효율적으로 죽음을 가져오는 방법을 연구하기 시작했다. 분노와 증오가 합쳐진 그녀의 기운은 점점 더 흑화되었다.

□■□■

치리국국의 군주 한주는 도착한 아림국의 사절단을 환영하며 두 팔을 벌렸다.

- 형제여, 이 누추한 곳까지 오다니!

- 오랜만이오! 내 급히 전할 말이 있어서 왔소.

형식적인 인사를 넘기고 아림국의 군장이 치리국국의 군장과 진지하게 이야기를 나눴다. 아림국의 식량창고 습격 사건과 병사 피살 사건을 들은 한주는 심각한 표정을 지었다.

- 우리 사이에 오해가 생겨 전쟁이 일어날 뻔한 사건이군요. 하지만 잘 아시다시피, 우리 치리국국은 주변 국가와의 전쟁을 원치 않습니다.

- 물론 알고 있지요! 만약 당신을 믿지 못했다면 이미 군대를 동원해 전쟁을 시작했을 겁니다. 이렇게 찾아오지 않았겠죠.

- 그런데 침입자의 검이 우리 대장간에서 만든 것이라고 하셨지요?

설추가 가져온 침입자의 검을 꺼내 보여줬다.

- 맞습니다. 그 대장간에서 잠시 제자로 있었던 자의 아비가 침입자에게 죽임을 당했습니다. 그자가 바로 이 검

을 알아보더군요.

- 어허… 안타깝습니다. 잠시만 기다려 주십시오.

한주가 대기 중인 병사를 불러 아쇠와 아철을 찾아오라고 지시했다. 이내 그들은 군주가 있는 곳으로 왔다.

- 부르셨습니까, 군주님.

- 이 검, 혹시 여러분이 만든 겁니까?

- 어? 이게 왜 여기 있는지요? 예, 맞습니다. 이건 저희가 한참 전에 도둑맞은 검입니다.

- 도둑맞았다고요? 혹시 의심 가는 사람이 있습니까?

아철의 표정이 어두워졌다. 아쇠가 대신 말했다.

- 아마도 저희 제자 중 한 명일 겁니다. 그 제자도 같은 날에 사라졌거든요. 창고를 살펴보니 그 검만 없어졌습니다. 저희가 심혈을 기울여 만든 건데…

- 내외분께서 상심이 크셨겠습니다. 그 도망친 자가 가져간 게 분명해 보입니다. 그자에 대한 신상을 알려주고 이만들 들어가 보십시오.

이들로부터 들을 이야기는 다 들은 한주와 설추는 고심에 빠졌다. 정보가 부족했다. 도망간 제자가 검을 훔친 유력한 용의자였지만 왜 그런 일을 저질렀는지 알 수가 없었다. 일단 그들은 침입자를 잡기 위해 두 국가가 함께 노력하기로 했다. 그때 한주가 갑자기 생각난 듯 말했다.

- 아이고 내 정신 좀 봐. 이게 이제야 기억납니다. 우리도 최근에 아림국으로 향하는 그 골짜기에서 목숨을 잃은 병사가 있었습니다. 전령 보낼 일이 있어서 보냈는데 그 병사의 소식이 없어서 찾아본 결과, 그쪽 병사가 그리된 것처럼 발견되었습니다. 이참에 저도 병사들을 이끌고 아림국으로 같이 가야겠습니다. 고개 수사도 함께 진행하고요. 많은 인원이 함께 원인을 찾는다면 더 도움이 되지 않겠습니까?]

설추가 한주의 말에 동의했고, 본격적인 수사가 시작됐다.

□■□■

- 어때? 내 이야기를 들어보니까? 난 그때부터 계속 이렇게 살고 있어.

- 혼자서 이렇게요? 먹을 것은요?

- 사냥도 하고 때론 민가에서 훔치기도 해.

 - 훔친다고요?

 - 응. 난 이제 사람이 싫어. 저들이 모두 불행했으면 좋겠어. 난 나만의 왕국을 만들 거야.

 - 사람이 싫은데 어떻게 왕국을 만들어요?

 월매는 마지막 말에 특별히 답을 하지 않고 솥을 저었다. 그녀는 끓인 약물을 살짝 맛보고 토기 컵에 따라 여임에게 건넸다. 여임은 아까의 이야기가 생각나서 마시기를 망설였다.

 - 걱정하지 마. 이건 독약 아니니까.

 - 그럼 뭔 데요?

 - 마셔보면 알아.

 - 여임은 잠시 망설이다가, 어차피 죽을 목숨인 것 같아서 홀짝 들이켰다. 몸이 달아오르기 시작했다.

 - 음~ 맛이 좋네요!

 - 맛이 좋아? 역시 내가 내 후계자를 잘 알아봤군. 이건

내 능력을 네게 나눠주는 물약이야. 만약 네가 내 후계자 자질이 없었다면 아마 죽었을 거야.

- 네?

- 장난~

- 휴

- 이 아니라 진짜야.

여임이 어이없다는 듯 그녀를 쳐다봤다.

- 내가 그 이야기를 안 한 것 같네. 호수에 빠져서 살아온 날, 내 몸에서 이상한 기운이 느껴지기 시작했어. 증오와 미움을 해결할 수 있는 무언가의 힘이라고 할까나. 사용해 보니 꽤 근사한 능력이야. 난 방금 그걸 나눠준 거라고. 고마워해도 모자랄 판에 그런 눈빛으로 보지 마.

- 아니 뭔지도 알려주지 않고 무턱대고 나눠주면 어떻게 해요?

월매가 여임을 바라보며 한쪽 눈을 감고 떴다.

- 넌 선택권이 없어.

- 윽!

 갑작스럽게 두통이 찾아와 여임이 머리를 쥐어 잡았다. 한 마리의 물까치가 날아와 그녀의 손등을 쪼았다.

 - 앗! 저리 가!

 여임의 손등에서 피가 났다. 그러자 두통이 사라졌다. 월매가 여임에게 말했다.

 - 내 능력은 상대를 아프게 할 수도, 사라지게 할 수도 있어. 때로는 살릴 수도 있고. 예전에는 약초의 힘으로만 가능했다면, 지금은 아무 효과 없는 풀에도 능력을 부여할 수 있는 정도랄까. 사실 약초도 필요 없어.

 여임이 손등을 후후 불며 물었다.

 - 완전 마법 같은 거네요? 신기하긴 하네요. 그런데 그런 능력을 왜 제게 주는 거죠?

 - 내 왕국을 만들고 싶어서. 내가 만약 죽으면 왕국을 이어받을 사람이 있긴 해야 하잖아? 열심히 만들고 생판 모르는 남에게 주긴 싫어.

 - 저 궁금한 게 있는데요. 왕국을 만들어서 뭘 할 거예요?

- 복수. 난 사람을 믿었고 구한 목숨이 한둘이 아니야. 하지만 사람은 그럴 가치가 없는 존재야. 안 그래도 요즘 세상엔 사람이 많아지고 있어. 사람을 최대한 없앨 거야. 최소한의 인간만 남길 거야.

- … 무섭네요.

- 네 아버지를 죽인 자도 사람이고, 널 세상에서 가치 없는 사람으로 만든 것도 결국 세상 사람들이야. 인간은 원래 그래. 자기들 기준치에 안 맞으면 이상한 사람 만들고 무언가를 얻기 위해 남을 해치는 존재지. 그런 세상에서 나만 착한 척하고 살면 그것도 문제 있는 거야.

여임은 월매의 논리에 크게 반박하지 못했다. 맞는 말인 것 같으나 찜찜함이 동반됐다. 월매가 여임의 마음을 눈치챘다.

- 아마 이런 식으로 적나라하게 말하는 사람이 내가 처음이라 긴가민가할 거야. 하지만 넌 내 말에 언젠가 크게 공감하게 될 거야. 결국 내 왕국을 이어받을 거고. 자 이제 수다는 그만 떨고! 밤이 늦었다. 어서 자자!

□■□■

월매는 여임에게 매일 약초 조합법과 능력 사용하는 방법을 가르쳤다. 여임은 이를 빠르고 능숙하게 배웠다. 이전에는 뭔가를 배우는 능력이 없었다고 생각했던 여임이 빠르게 배우는 자신을 보고 기뻐하며 더 열심히 했다.

 - 아이고~ 누가 여임이 능력 없다고 했니~?

 여임의 능력은 점점 향상했다. 아직 월매에게는 한참 미치지 못하지만, 자신이 원하는 것을 능력으로 이뤄내기 시작했다. 그렇게 시간이 지났다.

 그러던 어느 날, 여임은 잠을 자던 도중 이상한 소리에 깼다. 멀리서 들리는 발로 쿵쿵거리는 소리와 코로 킁킁대는 소리가 밤중의 산골을 가득 메웠다. 월매와 여임이 자리에서 일어나 움막 밖으로 나갔다. 움막 주변을 빙 둘러싼 야생 돼지 떼가 멀리서부터 그들을 향해 달려오고 있었다. 월매가 여임이 이해할 수 없는 말을 중얼거렸다.

 - 에이, 다시 왔네.

 - 누구… 아니 뭔데요?

 - 좀 이따가 설명해 줄게. 일단 싸울 준비해. 쟤네가 달려들 거야.

 - 네???

월매가 손에 약초로 만든 분을 바르고, 바닥에 있는 나뭇잎을 쥐었다. 나뭇잎이 밧줄처럼 엮여 돼지들의 발을 묶었다. 돼지들이 넘어지자, 월매는 재빨리 돼지 중 한 마리의 머리 중앙을 세게 내리쳤다. 그러나 밧줄을 끊은 다른 돼지가 월매를 들이받았다. 월매가 나가떨어지자, 돼지는 여임을 향해 돌진했다. 여임이 움막 입구에 있던 약초 가루를 한 주먹 쥐고 돼지 눈에 뿌렸다. 눈이 매워 앞을 볼 수 없는 돼지가 헛발질하며 주변의 다른 돼지와 충돌했다. 돼지 떼의 동선이 흐트러지자, 여임은 월매를 지탱해 움막으로 들어왔다. 월매가 다른 약물을 들이켜고는 기운을 얻고 채찍을 들고나왔다. 돼지들을 채찍으로 때리자, 고통을 견디지 못한 무리가 죄다 도망가고 한 마리만 현장에 남겨졌다. 그는 상처를 입어 도망갈 수 없었다. 그 한 마리가 킬킬거리며 월매를 바라보며 말했다.

 - 이야~ 이제는 부하까지 있네?

 돼지가 사람처럼 말하자 여임이 신기해했다. 이미 돼지와 아는 사이인 것 같은 월매가 대답했다.

 - 내 왕국 후계자야~ 너희 같은 양아치들과 결이 다르다고.

 - 우리가 아니고 너겠지. 넌 식량창고에서 우리를 배신했어. 목숨 걸고 갔다 오니까 우리를 이 꼴로 만들고!

- 똑바로 일 처리를 했었어야지!

듣고 있던 여임이 그들의 대화에 껴들었다.

- 이게 무슨 말이죠? 식량창고라뇨?

식량창고와 여임이 관계있다는 사실을 잠시 망각한 월매는 당황했다.

- 응? 아~ 그게 그… 식량창고가 아니야.

- 에? 뭔가 알고 있나 본데? 이봐, 이 사기꾼한테 묻지 말고 내게 물어봐.

돼지는 월매가 당황한 것을 보고 신나서 여임에게 말을 걸었다. 월매가 채찍을 들어 돼지를 쳤다.

- 닥쳐 돼지 새끼야. 네가 뭘 안다고 입을 나불거려!

여임이 월매의 채찍질을 멈춰 세웠다.

- 잠깐만요. 전 이 이야기를 들어봐야겠어요. 혹시 식량창고라면 어디를 말하는 거죠?

돼지가 또 맞을까 봐 얼른 대답했다.

- 아림국 식량창고! 다 저 사람이 시킨 거야!

 여임은 차라리 자기가 잘못 들은 거길 바랐다. 손이 부들거리기 시작했다. 월매는 이미 늦었다고 생각해 자포자기한 심정으로 돼지가 말하기를 놔뒀다.

- 난 원래 사람이었어. 이년이 나를 돼지로 만든 거라고.

 그가 돼지가 된 연유는 그녀에겐 별로 중요하지 않았다. 이 돼지는 식량창고를 다녀왔었다. 오직 그 사실만이 중요했다.

- 그래서… 식량창고는 왜 간 거죠?

 여임의 목소리가 낮게 깔렸다. 그녀에게서 어둠의 기운이 올라오고 있었다. 돼지가 슬슬 겁에 질려 대답했다.

- 저 여자가 나보고 식량을 가져오라고 시켰어. 아니면 나를 잡아먹는다고 했어. 하필 그해가 흉년이어서 민가에는 먹을 게 부족했어. 그랬더니 쟤가 식량창고를 털라고 조언하더군. 나는 저 여자의 도움을 받아 사람들 눈에 띄지 않게 식량창고에 잘 들어갈 수 있었어. 그때까지는 우리가 한 패인 줄 알았어! 이상하게 순순히 나를 도와주더라니… 무리와 함께 실컷 식량을 안고 나오는데 갑자기 내 모습이 보이기 시작했던지 한 녀석이 따라붙은 거야! 결국 도망치다가 그자를 찔렀지. 난 그를 죽일 생각이 없

었어. 하지만 잡혔다간 나도 죽게 될 테니까 어쩔 수 없었어. 무기를 버리고 열심히 도망쳤어. 지금 생각해 보니 일부러 저년이 나를 걸리게 하려고 그때 마법을 푼 것 같아!

- 무슨 소리야 그게! 네가 잡히면 나도 위험해지는데!

월매가 돼지의 말에 흥분했다. 그러나 옆에서 끝없이 발산하는 흑화된 여임의 기운에 월매는 입을 다물었다. 여임이 돼지 눈을 빤히 바라보며, 천천히 입을 열었다.

- 우리 아빠를 죽인 게… 너구나?

- …

돼지는 그제야 상황을 깨달았다.

- 사… 살려주세요. 전 정말 몰랐어요.

여임이 손바닥으로 돼지의 뺨을 세게 쳤다. 돼지가 원래 인간의 모습으로 천천히 돌아왔다. 월매는 본인이 가르쳐주지 않은 기술을 여임이 사용하자 내심 놀랐다. 돼지가 완전히 인간의 모습으로 돌아오자, 여임이 그자의 얼굴을 보고 탄식했다.

- 아니… 너는…

그는 여임과 함께 대장간에서 배웠던 제자, 비찬이었다. 여임이 아쇠에게 쫓겨나기 전, 창고 도난 사건 때 도망친 그 제자였다. 그는 누구보다 착하고 성실했던 제자였기에 더 충격이 컸다. 자신의 능력이 발현되지 않아 좌절해 있던 여임을 옆에서 늘 위로해 준 사람도 비찬이었다. 그 비찬이 아버지를 죽였다니⋯ 비찬은 여임 앞에 무릎 꿇고 싹싹 빌었다.

여임이 말없이 그를 쳐다보았다. 월매가 때가 됐다고 판단하여 움막에서 검을 꺼내 여임에게 건넸다.

- 이게 필요할 것 같네.

여임이 월매가 주는 검을 받았다. 그녀는 칼자루를 쥐고 칼끝을 비찬의 목에 겨눴다. 죽음을 앞둔 비찬이 월매에게 고함을 질렀다.

- 살인마! 이 무서운 년아, 이제는 네가 직접 사람을 죽이는 것으로 모자라 남을 시켜 죽이려고 하냐!

그 순간, 여임은 비찬이가 한 말에 번뜩 정신이 들었다. 사람을 죽인다니⋯ 그녀는 두려워졌다. 어둠의 기운이 내려가는 것이 느껴졌다. 여임이 불현듯 뭔가 생각나 월매에게 물었다.

- 설마 움막 뒤에 있는 돼지머리⋯ 사람 아니죠?

- …

- 왜 말이 없으세요?

- 다 알면서 왜 물어?

- 저렇게 안 해도 충분히 그들을 제압할 수 있었을 텐데, 굳이 저렇게 해야 했어요?

- 야! 왜 갑자기 나한테 화풀이야! 네 아비를 죽인 건 이 자식인데!

 여임이 무릎 꿇고 있는 제자의 어깨를 검으로 툭 건드렸다.

- 이봐.

- 응? 아, 네! 말씀하세요.

- 너의 목숨은 살려주겠다. 다만 나는 내 아버지의 원수를 인간의 모습으로 그냥 두고 볼 수는 없다. 평생 돼지로 살아라!

 비찬이 대답하기도 전에 여임은 다시 그의 뺨을 세게 때렸다. 그는 다시 돼지의 모습으로 변했고, 여임이 마음을 바꿔 자기를 죽일까 두려워 빠르게 도망쳤다. 월매가 이를 보며 냉소적으로 웃었다.

 - 참나. 아주 선인 납셨구먼.

 - 저 이제 이곳을 떠날 거예요.

 - 응? 무슨 소리야! 넌 내 왕국의 후계자인데!

 - 왕국이라든가, 후계자라든가 그딴 소리 좀 집어치워요. 그냥 세상 한풀이하는 거밖에 더 돼요? 가진 능력을 나쁘게만 사용하고 있잖아요!

 - 닥쳐! 네가 뭘 안다고 그래. 넌 세상에 시달리고도 아직도 정신을 못 차렸구나? 내가 널 잘못 알아본 것 같다. 어떻게 처음에 그 약을 먹고도 죽지 않을 수 있었던 거지? 아주 웃기는 녀석이군!

 월매가 말을 마치자마자 소매에서 환을 꺼내 여임에게 던졌다. 여임의 몸에 맞은 환이 터져서 가스를 분출했다. 여임은 눈과 코가 매워 허둥지둥하다가 검을 떨어트렸다. 월매가 그 틈을 이용해 여임에게 달려들었다. 둘은 뒤엉켜서 육탄전을 벌였다. 제대로 볼 수 없었던 여임은 일방적으로 맞았다. 그녀가 몸을 일으키기 힘들 정도가 되자, 월매가 여임으로부터 떨어져 일어났다. 흑화된 월매의 눈이 더욱 깊숙이 들어가고, 피부는 혈색이 돌지 않아 창백했다. 분노에 찬 월매가 여임의 손을 짓밟으며 말했다.

- 건방진 년. 은혜도 모르는 년. 역시 너도 다른 사람과 똑같은 인간이었구나.

 여임이 아파서 소리를 질렀다. 그러자 이번엔 물까치들이 여임을 향해 달려들었다. 꼼짝없이 죽겠다는 생각에 눈이 질끈 감겼다. 그때 어디선가 무언가 달려오더니 꽝 소리와 함께 월매의 비명과 이어서 넘어지는 소리가 들렸다. 물까치 떼는 놀라 방향을 잃고 다시 하늘로 날아갔다.

 - 킁킁, 킁킁

 축축한 돼지 코가 얼굴에 스치자, 여임은 정신을 차릴 수 있었다. 도망갔던 비찬이 다시 돌아와 월매를 밀어냈던 것이었다. 여임은 비찬을 잡고 일어섰다. 그리고 검을 다시 잡고 월매에게 향했다. 월매가 피를 토하며 웃었다. 그녀는 큰 충격에 갈비뼈가 부러져 움직일 수 없었다.

 그때 어디선가 바스락바스락하는 소리가 들렸다. 몇몇 병사가 모습을 드러냈다. 심상치 않은 상황이라 판단한 그들은 급히 호각을 불었다. 잠시 후, 더 많은 병사와 아림국 군장, 그리고 치리국국 군장이 모습을 드러냈다. 병사 피살건을 합동 조사하고 있던 이들은 바닥에 쓰러진 여인을 향해 칼끝을 겨누고 있는 여임을 보고 놀랐다. 설추가 여임을 알아보고 물었다.

 - 아니 왜 여기서 이러고 있느냐! 무슨 일인 게냐!

- 군장님, 여기는 어쩐 일이십니까. 이 자는 우리 아림국 식량창고를 털라고 도둑에게 사주한 자입니다.

 - 뭐라?! 그게 사실이냐!

 누워서 가만히 이야기를 듣던 월매가 킬킬거렸다. 피에 섞인 목소리로 웃음을 내는 것은 누가 들어도 기분 나쁜 소리였다.

 - 여임아. 내가 재미있는 얘기 하나 해줄까?

 여임이 대답하지 않고 월매를 노려보았다.

 - 네 아비 죽인 거~ 나야~

 돼지 모습을 한 비찬과 여임은 눈이 휘둥그레지며 서로를 바라보았다. 월매가 이어서 말했다.

 - 이 멍청한 녀석은 검을 만들 줄만 알고 제대로 쓸 줄은 모르더라고. 다친 너희 용감한 아비가 살아서 다른 사람에게 말하면 내 꼬리가 잡힐 테니… 그때 숨어 있던 내가 처리해 줬지~ 낄낄낄.

 여임이 이성을 잃고 검을 치켜들어 월매의 목을 치려 했다. 그러자 월매가 소리쳤다.

- 그럴 필요 없어! 난 곧 죽을 테니까. 그런데, 콜록콜록. 난 너희들 손에 죽지 않을 거야. 난 이 땅에 남아서 너희들을 끝까지 괴롭힐 거야. 너희와 너희 후손들, 대대로!!! 여긴 악의 땅이야. 내가 다스리는 왕국이라고!!! 저주할 거야! 저주할 거야!!!

 창백한 월매가 소리를 지를수록 땅이 흔들렸다. 월매의 몸이 갈라지는 땅처럼 피부가 갈라지기 시작하면서 붉은빛을 내뿜었다. 근처에 있던 비찬과 여임을 포함한 모든 사람이 몸을 피했다. 곧 거대한 소리와 빛이 터졌다.

□■□■

 혼돈이 가라앉자, 주변에 있던 수많은 물까치 떼가 깩깩 울며 허공을 빙글빙글 돌았다. 설추의 목걸이가 풀려 구슬이 빠졌다. 그렇게 월매는 사라졌다.

 진이 빠진 여임이 그 자리에 쓰러졌다. 비찬은 그녀가 다치지 않게 몸으로 받아줬다. 여임이 비찬을 다시 사람으로 돌아오게 시도했다. 그러나 비찬은 인간으로 돌아오지 못했다. 여임이 몇 번을 더 시도했지만, 그가 겨우 말만 할 수 있을 정도로 돌려놓을 수 있었다. 땅의 저주가 시작되었다.

 각국의 군장은 범행의 전모를 알게 된 후, 병사를 이끌고 각자의 국읍으로 돌아갔다. 여임 역시 아림국 국읍으로 복

귀했다. 시간이 지나서 그녀는 월매와 자신이 있던 곳이 병사들이 피살당한 고개와 동일한 지역임을 알았다. 또 비찬의 이야기를 통해 월매가 후계자 모색에 생각보다 훨씬 더 혈안이 되어 있었음을 알게 되었다. 여임은 월매의 묘약을 먹고 별 탈이 없어 몰랐으나, 원래 월매의 능력을 이어받는 건 매우 어려운 일이었다. 월매는 자기 능력을 주겠다고 이 사람 저 사람에게 약물을 먹여 목숨을 잃게 했다. 처음엔 월매 또한 악의 능력을 나눠주는 게 쉬울 것이라 착각했다. 그러나 초반의 여럿이 버티지 못하자 악을 행할만한 여러 사람을 꼬드겼다. 그녀는 악을 행해야만 내면에 악이 쌓여 자기 능력을 받을 수 있을 거라 믿었다. 비찬도 왕국 후계자가 되게 해주겠다는 월매의 말에 속아 검을 훔쳐 대장간에서 나왔다. 이렇게 비찬처럼 속아 온 사람이 한둘이 아니었다. 월매는 그들에게 온갖 나쁜 짓을 시켰다. 도적질은 기본이고, 돼지로 변장시켜 지나다니는 사람을 몸으로 치어 죽게 했다. 각국 병사도 그런 까닭으로 죽었다. 비찬이 처음 그곳에 도착했을 때 이미 수많은 돼지가 있었다. 처음엔 그들이 원래 사람이었다는 사실을 몰랐지만, 이내 알게 되었다. 식량창고 작전 후에 월매가 자신을 돼지로 만든 것을 보고 비찬은 자신이 이용당했음을 그때야 깨달았다. 그러다 월매는 우연히 마을에서 여임을 발견하게 되었고 가능성을 보았다. 그때부터 모든 계획이 여임에게 맞춰졌고 이제까지의 모두를 버렸다. 여임이 월매를 마주하게 된 건 철저한 계획 아래였다.

 여임은 이제 아림국과 주변 땅에서 살 수 없게 되었다. 월매가 여전히 살아 숨 쉬는 것처럼 느껴졌다. 월매를 벗어나고 싶은 여임은 소소한 짐만 준비하고, 발이 닿는 대로 북쪽과 서쪽으로 향했다.

 월매의 저주로 탄생한 악한 땅의 기운은 은은하면서 매우 강력했다. 아림국과 치리국국은 서서히 기세를 잃고 결국 역사의 뒤안길로 사라지게 되었다. 월매가 사라진 고개에는 지나다니는 사람을 갈취하는 잔인한 도적 떼가 판을 치고 악이 가득하게 되었다. 사람들은 이 고개를 《도적골》이라 불렀다.

● 조선시대

『1800년, 조선 한산군 도적골』

- 아이고~ 우리 선배님들! 대~단들 하시네요!

 김도사가 발로 땅을 찼다. 도적골. 그곳은 악명 높은 곳이었다. 오래전부터 전해져 오는 이야기에 따르면, 이곳은 어떤 흑마법사에게 저주받은 땅이라고 했다. 혹자는 흑마법사가 죽지 않고 땅속에 그대로 살아있다고 했다. 일반인에게는 섬뜩한 소리일지 모르지만, 도사는 이런 나쁜 기운을 다스려야 하는 숙명을 가지고 있었다. 도적골은 도사의 지옥이라고 불렸다. 땅의 기운을 다스리기 어려워 그렇게 불렸지만, 선배 도사들은 이곳을 절대 포기하지 않았다. 천년이 넘는 세월 동안 그들은 이곳을 정화하고 악의 기운을 통제했다. 그중에서도 가장 효과적이었던 방법은 모시풀을 활용한 억제였다. 모시는 질기고 조직이 촘촘해서 나쁜 기운이 퍼져가는 것을 마치 그물처럼 막았다. 도적골과 한산군의 모시는 환경이 힘든 곳에서 자라나 그런지 자생력이 강해 다른 지역이나 타국에서 자라는 모시보다 훨씬 질이 좋았다. 그 덕분에 이 지역에는 모시를 활용한 산업이 크게 발전하게 되었다.

 악은 항상 역사해 왔기 때문에 이를 견제할 상대가 필요했다. 도사는 자신을 세상에 드러내지 않고 언제나 존재해 왔다. 그들은 스스로 도를 닦고 정진하여 자연의 법칙에 따라 살아가야 했기에 하루, 이틀을 넘어 수십 년 동안 수련을 거듭했다. 악이라는 존재는 쉽게 다스려지지 않았다. 악도 문제였지만, 도사는 자신과도 싸워야 했다. 인간이란 존재는 선만 가득한 것이 아니었다. 내면의 악 또한 공존했기에, 악과 대적하는 도사는 반드시 자기 내면을 다스려야 했다. 하지만 도사도 사람이었다. 아무리 수련을 해도 힘든 것은 피하고 싶었다. 도적골은 모든 도사가 피하는 곳이었다. 잠시 악의 기운이 잠잠해지는 것처럼 보이다가도 다시 활개 치며 퍼져나가 곤란하게 만드는 경우가 끊이지 않았다. 조선도사회는 이런 곳에 김길지를 파견하기로 했다. 그는 능력이 뛰어난 도사였지만, 언제 어디로 튈지 모르는 자였다. 도사계에서 소문난 이단아인 길지는 최근 들어 서학을 배우겠다며 동서양의 도를 모두 터득하려고 했다. 그는 어디서 구했는지 청나라 언어로 된 온갖 잡서도 빠짐없이 읽었다.

 길지는 조선도사회의 결정에 크게 반발했다. 그는 매우 억울했다. 열심히 수련한 결과가 도적골 발령이라니. 도적골에 도착한 그는 더욱 화가 났다. 삿갓을 푹 눌러쓰고 땅만 바라보며 걸으면서 그가 혼자만 들을 수 있게 진한 욕을 내뱉었다.

 - 어이, 잠깐만!

 눈치 없는 어떤 도적이 길지 앞을 가로막았다. 길지가 고개를 들어 정면에 있는 험상궂은 사람을 바라봤다. 그의 한 손에는 큰 칼이 들려 있었고, 자신을 쉽사리 보내줄 것 같지 않았다.

- 예, 무슨 일인지요?

- 혼자 오셨나 보네. 좋은 말로 할 때 가진 것 다 내놓고 가요. 일종의 통행료라고 생각하면 되고.

- 어허, 이 고개를 넘는다고 통행료를 받다니요. 땅과 하늘은 주인이 없는 법이지요.

- 말이 너무 많네.

본모습을 드러낸 도적이 칼을 높이 들어 길지의 목을 향해 휘둘렀다. 길지가 그보다 빠르게 손날로 적의 울대를 쳤다. 도적은 칼을 떨어뜨리고 두 손으로 목을 움켜쥐었다.

- 여보시게. 숨이 안 쉬어질걸세. 이렇게 시간이 지나면 자네는 이 세상 사람이 아니겠지. 어째. 나에게 통행료를 계속 요구할 텐가?

도적은 황급히 고개를 절레절레 흔들었다. 길지가 도적의 등을 가볍게 치자, 그는 숨을 크게 내쉬고 네 발로 도망쳤다.

- 아이고~ 요놈들. 여기 온 도사가 한둘이 아닐 텐데 아직도 정신을 못 차렸다니. 쯧쯧.

도적골에 대한 정보를 미리 파악해 둔 길지는 도적의 습격에 대비하고 있었다. 그는 다시 길을 나서 선배 도사가 살았던 곳으로 향했다. 도적골 산 정상에는 홀로 서 있는 집 한 채가 있었다. 이곳은 대대로 도사들이 번갈아 거주하던 곳이었다. 조선도사회는 여러 명의 도사를 동시에 파견하는 것을 금지하고 있었다. 여러 도사가 함께 모여 있다면 수련에 방해가 되고, 이상한 유혹에 빠질 가능성이 있었다. 도사는 평생 혼자 살아야 했고, 사랑 또한 금지되어 있었다. 오직 도사의 직무와 역할에만 삶을 바쳐야 했다. 이런 규칙이 마음에 들지 않았던 길지였으나 도사의 삶을 선택한 이상 규칙을 지킬 수밖에 없었다. 그렇지 않으면 자신을 처벌하러 온 다수의 도사와 싸울 상황을 직면해야 했다. 여기까지 그들이 올 리가 없겠지만…

이런저런 잡다한 생각 끝에 그는 목적지에 도착했다. 산골짜기 정상까지 올라오니 숨이 턱 끝까지 차올랐다.

- 드디어 도착했네. 억! 이게 무슨 냄새야!

숨을 크게 들이쉬자마자 악취가 코를 찔렀다.

- 아휴, 홀아비 냄새가 찌들었네. 아이고, 내 인생아~ 나는 왜 도사가 됐을까~

길지는 어릴 적부터 학문에 깊은 관심을 가졌다. 그의 관심은 유교 경전을 외우는 데에만 국한되지 않았다. 그는 실

생활에 필요한 지식을 배우고자 했으며, 유교 경전 이외에도 다양한 분야의 책을 탐독하고 싶어 했다. 당시 양반 문화는 대체로 보수적이어서 그런 생각조차 배척하는 분위기였다. 길지는 그런 꽉 막힌 학문과 문화를 벗어나 변화하는 사회를 직접 경험하고자 세상을 떠돌아다니기 시작했다. 그러는 과정에서 자연스럽게 서학, 즉 서양의 학문을 접하게 되었고, 다양한 사상을 섭렵하게 되었다. 철학, 과학, 음악 등 이제까지 접하지 못했던 새로운 분야에 대한 탐구도 깊어졌다.

어느 날, 이런 그에게 어떤 고위급 도사가 찾아와 조선도사회의 정식 도사로 가입할 것을 제안했다. 길지는 이 제안에 기쁜 마음으로 응했다. 그는 자신의 지식과 통찰력을 더 넓은 세계에서 발휘할 기회를 얻게 되었다고 생각했다. 하지만 조선도사회는 길지가 기대했던 것처럼 새로운 학문과 삶의 방식에 열려 있지 않았다. 기성 도사들은 깊은 역사를 가진 조직의 특성상 보수적이었고, 변화를 쉽게 받아들이지 못했다. 강력한 개혁을 촉구하는 길지는 조선도사회 내부의 고위 인사들로부터 불만을 샀다. 그는 수련을 반드시 혼자서 해야 하는 이유를 이해할 수 없었으며, 사랑을 원했고, 무엇보다 혼자서 외롭게 살고 싶지 않았다. 또한, 도사라면 보수적인 기틀에서 벗어나 다양한 학문과 사상을 익혀야 한다고 그는 주장했다.

이러한 길지 때문에 골치가 아프던 찰나, 당시 도적골의 도사가 나이 들어 은퇴를 앞두고 있었다. 조선도사회는 이

기회를 잡아 길지를 도적골로 보내기로 했다. 이는 사실상 귀양 조치였다.

 길지는 조직의 지시를 받아들일 수밖에 없었다. 선배 도사가 남긴 흔적을 정리한 후, 그는 도적골을 순찰하기 시작했다. 이곳의 땅 기운은 강력하고 거만했지만, 곳곳에 심어진 모시가 그 기운을 잘 제어하고 있었다. 눈앞에 등장한 소녀가 모시를 건드리기 전까지는 말이다.

 - 응?

 어떤 소녀가 모시풀을 꺾고 있었다. 길지가 화들짝 놀라며 소녀에게 소리쳤다.

 - 어이! 그거 꺾으면 안 돼!

 소녀가 방긋 웃으며 길지에게 말했다.

 - 아저씨! 이거 보통 풀이 아닌걸요?

 그녀가 또 다른 모시를 꺾자, 꺾인 모시들 사이에서 땅의 악한 기운이 비집고 나오려고 했다. 길지가 소녀를 밀쳐내고 땅에 주문을 외워 결계를 채웠다.

 - 너 정체가 뭐야? 왜 이러는 거야?

길지는 소녀가 악의 하수인인지 의심했지만, 소녀에게서는 어둠의 기운이 특별히 느껴지지 않았다. 소녀는 금세 흥미를 잃은 듯했다.

- 너는 어디서 왔니? 부모님은 어딨어?

 소녀는 시무룩해진 채로 아무 말도 하지 않았다. 길지는 소녀가 부모로부터 버려졌다고 생각했다. 그는 세상을 돌며 버려진 아이를 흔히 보았다. 그게 아니라면 이곳에 이렇게 꼬마 아이가 있을 리 없었다. 길지는 안쓰러운 마음을 가지고 환한 얼굴로 말을 걸었다.

- 너의 이름은 뭐니? 나는 김길지라고 해. 이렇게 만나서 반가워.

 소녀는 길지의 관심이 나쁘지 않았는지 곧 입을 열었다.

- 저는 만리진이에요.

- 어디서 왔니? 내가 집에 데려다줄게.

- 죄송한데요, 아저씨, 저는 돌아갈 곳이 없어요.

 조선 아이답지 않게 큰 눈으로 똘망똘망 자신을 바라보는 소녀를 보며 길지는 난감했다. 자세히 보니 이 아이, 머리색이 짙은 노란색이었다. 길지는 소녀가 배를 타고 멀리서

왔다는 것을 직감했다. 그는 자신이 머무는 집의 별채를 떠올렸지만, 도사회 규정에 따라 누군가와 함께 살 수 없다는 사실을 기억했다. 그렇다고 소녀를 이 위험한 곳에 혼자 남겨둘 수는 없었다. 길지는 소녀가 나중에 거처가 생길 때까지만 잠시 데리고 살기로 결심했다.

리진은 순순히 길지를 따라갔다. 둘은 곧 도사의 집에 도착했다. 길지는 산을 오르느라 숨이 찼지만, 소녀는 멀쩡한 모습이었다. 마당에서 길지가 숨을 고를 때 잠시 짐을 두기 위해 리진이 길지의 방에 들어갔는데, 그녀가 문밖으로 뛰쳐나오며 헛구역질했다.

- 웩, 이게 무슨 냄새에요!

리진이 둘러맨 보자기를 급하게 뒤적거리더니 몇 가지 마른풀을 꺼내 방으로 다시 들어갔다.

- 혹시 불 있어요?

- 불? 잠시만!

길지가 중얼중얼 주문을 외워 검지 끝에 불씨를 피우면서 방에 따라 들어갔다. 리진이 마른풀을 비벼 심지처럼 만들었다. 풀에 불이 붙자, 순식간에 타서 사라졌다. 퀴퀴한 냄새가 없어지고 상쾌한 향이 방에 가득해졌다.

- 우와! 어떻게 한 거니? 신기하다!

 이제까지 도사 생활을 하면서 처음 보는 능력에 길지가 입을 다물지 못했다. 리진은 '뭐 이런 것쯤이야'하는 표정으로 아랑곳하지 않고 방문을 나가려 했지만, 도도한 태도와 어울리지 않는 소리가 배에서 울렸다.

[꼬르륵]

 곧장 배를 움켜쥔 그녀가 민망한 듯 미소 지으며 길지를 바라봤다.

 - 아저씨, 저… 배고파요.

 길지가 픽 웃으며 부엌으로 갔다. 아직 익숙하지 않은 부엌이었다. 그래도 그는 몇 없는 재료를 가지고 정성껏 요리했다. 밥이 솥에서 김을 뿜으며 익을 동안, 여러 나물무침이 완성됐다. 서툰 모습이었지만 당시 남자 중에서는 꽤 손이 빠른 편이었던 길지였다. 그는 순식간에 밥상을 다 차렸다.

 허기졌던 리진은 밥을 허겁지겁 먹었다. 길지는 그녀에게 언제 질문을 던질까 하며 주의깊게 살폈다. 결국, 밥을 먹는 동안 한마디도 걸지 못하고, 그녀가 밥을 다 먹은 후에야 길지는 참아왔던 질문들을 던질 수 있었다.

- 리진아, 너는 어디에서 온 거니? 너의 생김새를 보니 여기 사람은 아닌 것 같아서.

리진은 어떻게 설명해야 할지 고민하다가 정리해 말했다.

 - 저는 청나라 옆, 그리고 거기에서도 한참 멀리 있는 곳에서 왔어요.

 - 오호, 그렇구나. 어떻게 이곳까지 온 거니?

리진이 자신의 이야기를 천천히 풀어냈다. 그녀는 약초를 다루는 법을 알고 있었으며, 묘약 제작과 그 활용에 능했다. 이는 리진 집안 대대로 내려온 기술이었다. 아주 먼 옛날, 동쪽 세계에서 온 어떤 마법사가 리진의 고향 마을에 정착했다. 그 마법사는 약물을 만들어 사람을 치료해 주고 나쁜 기운을 쫓아내곤 했다. 마법사의 이름은 정확하게 전해지지 않았지만, 분명한 것은 리진의 아주 먼 선조였다. 처음에는 많은 사람이 마법사를 따르며 그를 추종했다. 그러나 시간이 흐르면서 세상이 변할수록 사람들이 마법을 부리는 자들을 경계하기 시작했다. 리진도 같은 능력을 물려받았지만, 제대로 꽃을 피우기도 전에 도망칠 수밖에 없었다. 사람들은 리진과 같은 사람들을 《마녀》라고 불렀다.

 - 제가 살던 곳과 주변에서는 마녀를 싫어했어요. 사람들은 마녀를 불태워 죽이거나 잔인하게 없앴어요. 제가 도망치기로 결심한 건… 사람들이 이제는 진짜 마녀가 아

닌 사람도 마녀로 몰아서 죽였어요.

- 아니 왜?

- 악마가 깃들었다고 하더라고요. 참나.

- 악마라… 허허. 누가 악마인 건지. 그런데 혼자 도망친 거니?

 리진의 표정이 슬퍼졌다. 원래는 언니와 함께 도망쳤는데 언니는 대륙을 넘어오는 중 사고로 변을 당했다. 리진은 크게 의지했던 사람이 곁에서 사라져 무서웠으나 정처 없이 이동할 수밖에 없었다. 그렇게 그녀는 이곳에 홀로 도착했다. 길지가 괜한 질문을 한 것 같아 다른 주제로 말을 바꿨다.

- 거기서부터 여기까지 오려면 꽤 오랜 시간이 걸렸을 텐데, 아직도 어리네? 생각보다 가까운 곳인가?

- 음… 저는 나이를 천천히 먹어요. 아저씨.

 리진이 멋쩍어하며 웃었다. 길지는 순간 생각했다. 설마 나보다 나이가 많지는 않겠지?

- 지금은 제 본모습인데, 제가 원할 때 제 모습을 변장할 수 있어요. 그 지역에서 나는 약초 몇 가지를 구하면 그

나라 언어를 사용할 수 있는 묘약으로 만들 수도 있고요. 그래서 여행은 그다지 어렵지 않았어요. 어지간해선 아프지도 않아요.

- 오! 그거 신기한 능력이다! 한 수 부탁드리겠습니다! 마녀님!

 길지 역시 그녀에게 자신에 대해 이것저것 알려주었다. 둘은 오랜 시간 동안 대화를 나누며 서로를 알아가는 시간을 가졌다. 다행히 서로가 위험한 상대가 아니라고 판단하고 긴장을 풀 수 있었다. 길지는 미리 생각해 둔 대로 리진에게 자신이 사는 곳 옆의 별채에서 살 수 있도록 해주었다. 이는 조선도사회의 규칙에 정면으로 어긋났지만, 그는 신경 쓰지 않았다. 당장 어린 소녀를 내쫓을 수는 없었으니까. 암행 도사단이 급습해 와도 리진의 능력을 보여주면, 오히려 리진을 탐낼 것이었다. 그렇다면 조선도사회로부터 영입 제안을 받을 거고… 아! 안 돼!

□■□■

 날씨가 좋은 어느 날, 리진과 길지는 도적골을 넘어 큰 마을로 내려갔다. 마을은 장날이어서 사람들로 북적였다. 이곳저곳에 눈길을 끄는 것이 많았다. 생필품을 구매하고 맛있는 냄새에 이끌려 주막으로 향하던 중, 무언가를 두들기는 소리에 그들은 발걸음을 멈추었다.

[땅! 땅! 땅!]

 그 소리를 따라가 보니 대장간이 나왔다. 대장간에서는 대장장이들이 열심히 도구를 제작하고 있었다. 리진과 길지는 그들의 망치질에 시선이 빼앗겼다. 대장장이가 망치로 쇠를 내리칠 때마다 빛이 번쩍였다. 그들의 발걸음을 이끈 맑고 청아한 소리가 울려 퍼졌다. 이때 길지는 이곳이 평범한 대장간이 아님을 깨달았다. 이들의 눈길을 느낀 한 대장장이가 그들을 향해 물었다.

 - 여보셔요, 뭐 필요한 거 있으세요?

 - 아! 아닙니다. 하던 일 하셔요.

 - 잠깐, 이 동네에서 처음 보는 얼굴인데? 말씀하셔요. 준비해 드릴게.

 - 없습…
 - 혹시 장신구도 만드시나요?

 자리를 뜨려던 길지의 말을 끊고 리진이 대장장이에게 물었다.

 - 무슨 대장간에서…
 - 그럼요. 저희는 못 만드는 것이 없어요.

이번에는 대장장이가 길지의 말을 끊고 리진에게 대답했다. 대장장이는 안쪽에서 작업하고 있는 아내를 불러서 있는 장신구를 가져오게 했다.

- 예쁘지요?

- 와, 너무 예뻐요!

 리진은 눈을 뗄 수가 없었다. 이들 부부는 소녀의 순수한 표정을 보며 흐뭇하게 웃었다.

- 우리 가문은 여기서 대대로 이 일을 했어요. 아이고~ 여기 있는 것들은 우리 아가씨한테 맞는 크기가 없겠네! 여기로 와봐요.

 대장장이 부인이 리진을 데려가 손가락 둘레를 쟀다.

- 여기서 잠시 기다려요.

 부인이 뚱땅뚱땅 소리를 내며 작업에 몰두했다. 대장장이는 길지에게 술잔을 자연스럽게 건넸다.

- 잠시 기다리는 동안 소곡주 한잔 하실라우?

- 오호! 이 귀한 것을! 감사합니다!

길지가 기쁘게 잔을 받았다. 처음 만난 사람들이었지만 소곡주의 알딸딸함은 그들을 친구로 만들어 주었다. 리진도 잔을 받고 싶었지만, 어린이에게는 쉽게 허락되지 않았다. 잔을 기울이며 대장장이가 자신을 소개했다.

 - 제 이름은 비스고 아내는 오르예요. 형씨는 행색을 보아하니 도사님 같은데, 옆에 있는 분은 따님이신가? 도사님, 설마 결혼하셨어?

 - 아이고 그건 아니고요~

 길지가 지금까지의 일을 비스에게 설명했다. 비스는 고개를 끄덕이며 신기하게 들었다. 비스도 본인의 이야기를 해주었다. 대부분은 대장간과 마을에 관련된 이야기였다. 대화 중에 알게 된 것은 오르, 비스 부부가 길지보다 나이가 많다는 것이었다. 둘은 넉살이 좋아 서로를 형님, 아우로 부르기로 했다.

 - 그런데 아우님, 어쩌다가 도적골로 왔어? 예전 도사님한테 이야기 들었을 때 그곳이 보통 힘든 데가 아니라던데?

 - 예 맞아요. 제가 덕을 잘못 쌓았나 봅니다. 종종 잘 좀 부탁드릴게요.

 - 아휴~ 우리가 뭔 도움이 되겠어~ 그래도 어려울 땐 찾

아오셔.

비스가 말을 마치자, 오르가 완성된 작품을 들고나왔다.

- 우리 예쁜 공주님께 드릴 반지가 완성됐어요~!

- 와!

눈앞에 놓인 반지를 보고 리진의 눈이 휘둥그레졌다. 반지 가운데에는 반짝이는 수정이 박혀 있었고, 그 안에는 알록달록한 모시 천이 들어 있었다.

- 내가 안에서 이야기를 다 들었는데, 우리 꼬마 아가씨는 보통 아이가 아닌 것 같더라고. 이 반지를 끼면 더 재미있는 일이 많이 생길 것 같아.

- 감사합니다! 어떻게 이렇게 빨리 만드시나요?

- 우리 집안 가보인 이 망치를 쓰면 무엇이든 뚝딱 만들 수 있어. 자, 한번 끼워볼까? 어머, 정말 예쁘네! 이건 내가 돈을 받지 않을게. 처음 만나서 반갑다는 선물이야.

- 정말 감사합니다! 감사합니다!

리진이 몇 번이나 고개를 꾸벅였다. 길지는 인심 좋은 대장장이 내외를 보니 마음이 따뜻해졌다. 술기운이 올라 몸도 따뜻해졌다. 더 늦었다간 계속 마실 것 같아 자리에서 일어서려는데, 세상이 흔들리기 시작했다. 그러자 곧 눈이 감겼다. 이 모습을 본 비스가 말했다.

- 술이 센지 알았더니 겉만 번지르르했구먼. 앉은뱅이 술한테 당해버렸어~ 쪼매 눈 붙이고 가셔.

□■□■

한참을 잔 길지는 리진과 다시 거처로 돌아왔다. 리진은 집에 도착한 후에도 반지를 뚫어져라 바라보았다. 자세히 들여다보니, 수정 속에 담긴 모시 천이 초록색으로 빛나고 있었다.

한편, 길지의 방이 조용했다. 리진은 길지가 아직도 숙취로 고생하고 있는지 궁금해졌다. 그녀가 길지의 방문 앞에서 크게 이름을 불렀다.

- 도사님, 일어나셨나요?

- 이~ 일어났어!

- 잠시 들어가도 될까요?

- 이~ 들어와!

리진이 방으로 들어왔다. 길지는 글자 하나 적혀 있지 않은 책을 펼쳐 놓고 무언가를 적고 있었다. 그가 진지한 표정으로 붓을 들고 글자를 써 내려가는데, 리진은 그 글자가 무엇인지 전혀 알아볼 수 없었다.

- 제가 많은 언어를 알고 있지만, 이 글자는 처음 봐요.

- 이것은 우리 도사들이 사용하는 언어야. 이 언어로 책에 주문을 기록하면, 그 주문이 활성화되지.

- 신기하네요! 지금은 어떤 주문을 만드시는 건가요?

길지의 얼굴이 잠시 어두워졌다.

- 여기에 직접 와보니, 이 땅의 기운이 정말 좋지 않아. 요즘 따라 큰일이 벌어질 것 같은 느낌이 자주 들어서 평화를 기원하는 주문을 작성 중이었어.

- 이렇게 적고 말하기만 하면 주문이 이루어지나요?

- 주문을 활성화하기 위해서는 훈련이 필요해. 문장을 외우고, 말할 때는 진심을 담아야 하지. 주문을 외우는 사람의 평소 마음 상태가 중요해. 마음속에 악이 가득하면, 같은 주문이라도 위험한 흑마법이 될 수 있어.

리진이 옆에서 차분하게 고개를 끄덕였다. 길지가 주문

작성을 마치고 책을 닫았다. 책의 표지에도 역시 알아볼 수 없는 문자가 적혀 있었다.

 리진과 길지가 방을 나섰을 때, 도사의 집에서 멀리 떨어진 곳에서 누군가의 비명과 싸우는 소리가 들려왔다.

 - 도적들이군. 또 지나가는 사람을 공격하는 모양이야.

 - 도사님, 왜 저들을 그냥 두시는 건가요?

 길지가 소리 나는 곳을 바라보며 착잡한 표정으로 대답했다.

 - 저들은 처음부터 도적으로 태어난 사람들이 아니야. 세상이 저들을 저렇게 만든 거지.

 - … 무슨 말씀인지 이해가 안 돼요.

 - 저들이 태어나자마자 도적질하고 싶어 했을까? 낮은 신분으로 태어나 높은 자에게 괴롭힘을 당하고, 전쟁으로 생활 공간을 잃어… 도저히 제대로 인간답게 살 수 없게 되어 저런 짓을 하는 거야. 그렇다고 해서 저들의 행동이 옳다는 말은 아니야. 하지만 무조건 저들만을 나쁜 놈으로 볼 수는 없다는 말이야. 너도 살기 힘든 상황에서 도망친 거잖니.

- ...

- 나는 네가 참 대단하게 느껴져. 저들보다 훨씬 더 나쁜 짓을 할 수 있는 능력자임에도 그렇게 하지 않는 걸 보니.

- 에이 별말씀을. 그러면 도적들 벌하는 건 두 번째고, 일단 저 당하고 있는 사람을 도와주어야 하지 않을까요?

- 어? 그래. 맞는 말이다.

 리진과 길지가 소리 났던 곳으로 갔지만, 이미 도적질은 끝난 뒤였고, 발가벗겨진 부자 양반이 매를 맞고 누워 있었다. 몸과 얼굴에는 새로 생긴 상처와 오래된 상처가 혼재되어 있었다. 길지는 그에게 기력을 회복할 수 있는 주문을 외워주고, 그가 완전히 깨어나기 전에 마을 앞까지 몰래 데려다주었다. 그때는 몰랐다. 그 부자가 나중에 큰 파장을 일으킬 인물이라는 것을.

 마을까지 내려온 김에, 리진과 길지는 필요한 것을 사기 위해 마을 안으로 들어갔다. 그러나 마을 안의 분위기가 평소와 달랐다. 주민들이 마을 게시판에 걸린 벽보를 보며 수군거렸고, 모두의 표정이 어두웠다. 어떤 이는 땅을 치며 통곡했고, 마을을 지키는 병사들은 분주히 움직였다. 길지와 리진이 벽보를 보기 위해 군중 사이를 비집고 갔다. 그날은 서기 1800년의 어느 여름날이었다. 벽보의 내용에는 조선의 왕이 갑작스레 승하했다는 소식이 담겨 있었다. 혼란스러운 대중과는 달리, 길지는 심각하게 서서 벽보를 바라보았다. 최근 느꼈던 이상한 기운이 다시금 느껴졌다. 그 기운이 느껴질 때마다 길지가 주문을 외웠지만, 주문이 통하지 않았다. 거스를 수 없는 큰 흐름이 다가오고 있었다.

- 리진아, 돌아가자. 이제 성문이 막힐 수 있어.

- 네!

둘은 서둘러 도적골로 향했다.

□■□

리진과 길지는 마을에서 나와 골짜기 고개 아래에서 위로 향했다. 그런데 이전에 보지 못했던 한 채의 집이 그들의 시야에 나타났다. 그 집 주변에 다른 집이 없어 집터가 상당히 넓어 보였다.

- 언제부터 저기에 집이 있던 거지?

- 그러게요? 저도 오늘 처음 봤어요.

- 한번 가볼까?

둘은 호기심에 이끌려 그 집으로 가기 위해 발걸음을 뗐다. 때마침 집에서 한 여인이 나왔다. 리진과 길지는 멈칫했다. 여인은 사람이 온 것을 모르고 마당으로 나와 돼지에게 먹이를 줬다. 험악한 도적이 출몰하는 이런 곳에서 여유롭게 목축하는 여인의 모습이 신비롭게 느껴졌다. 길지가 그녀를 자세히 보고 싶어서 몇 걸음 더 나아갔다. 그는 여인의 얼굴을 제대로 본 순간, 소리를 내고 말았다.

- 헙!

 사람이 있다는 것을 눈치챈 여인이 고개를 들어 둘을 바라봤다. 길지와 눈이 마주친 순간, 그녀가 놀라 황급히 집으로 들어갔다. 리진이 길지를 책망하려고 고개를 들었는데 길지의 얼굴이 홍당무가 되어 있었다.

- 도사님! 왜 그래요!

- 아… 아니야.

리진이 잠시 정적 속에서 길지를 바라봤다. 새어 나오는 웃음이 멈추질 않았다.

- 호호호. 너무 예뻐서요?

 길지가 리진의 갑작스러운 질문에 당황해 손사래 치며 부인했다.

- 쓸데없는 소리 말고 어서 올라가자! 해 진다.

- 얼레. 도사님 이런 모습은 또 처음이네.

 길지가 리진을 뒤로하고 급히 언덕을 올라갔다. 리진이 킥킥 웃으며 길지를 따라갔다. 집에 거의 다다랐을 때, 길지가 리진에게 물었다.

- 이봐, 리진. 오해하지 말고 들어봐. 저 여자는 누굴까?

- 왜 하필 그분이 궁금하신데요~ 세상 지천으로 널린 게 여자인데~

- 요것이 놀리는 재미에 푹 빠졌구먼. 그런 걸 다 떠나서. 생각해 봐. 왜 저기에, 언제부터 집이 생겼고, 천상 처음 보는 여인네가 이런 곳에 있냐 말이지. 돼지는 어디서 나고 말이야.

- 하긴 저나 도사님이 전혀 눈치 못 챈 것은 이상해요. 뭔가 사연이 있는 것 같아요. 언제 한번 날 잡고 가볼까요?

- 그럴까?

- 우와~ 도사님! 기다렸던 사람 같아요!

- 예끼!

 성난 길지가 리진을 향해 허공에 발길질했다. 리진은 크게 웃으며 도망쳤다. 리진이 자기 방으로 들어가려고 하자, 길지가 미련 남은 사람처럼 한마디 던졌다.

- 그래서, 언제 갈 거야?

 리진이 머리를 절레절레 흔들면서 방으로 들어갔다.

- 싱겁긴.

 길지가 눈을 껌뻑껌뻑하면서 본인 방으로 들어갔다. 해가 지니 도적골에 스산한 어둠이 들어섰다.

□■□■

 시간이 흘러, 이날도 다른 날처럼 평범한 하루였다. 리진은 평소와 같이 선물 받은 반지를 만지작거렸다. 이 반지는 평범한 장신구가 아니었다. 반지의 중앙에 박힌 수정은 리진의 감정을 반영하는 듯 보였다. 기분이 언짢거나 화가 날 때는 수정이 붉게 변했고, 기분이 좋을 때는 초록색이나 푸른색으로 변했다. 그러나 오늘은 수정이 노란색으로 변하고 있었다.

- 도사님, 반지가 오늘은 좀 이상하네요.

- 음? 뭐가?

- 처음 보는 색이 나타났어요.

- 그래? 들어가서 얘기하자. 날이 춥네.

바람이 나무 사이를 통과하며 불어왔다. 부드러운 바람이라기보다는 약간 화가 나 있는 듯한 모습이었다. 추위가 여름의 기세를 꺾고 찾아오고 있었다. 길지가 땅의 기운을 점검하기 위해 밖으로 나가려고 했다. 그때, 위장한 두 사람이 빠른 걸음으로 도사의 집으로 찾아왔다. 길지와 리진이 놀라 방어 태세를 취했지만, 도착하자마자 복면을 벗은 두 사람의 얼굴을 보고 웃음을 터뜨렸다.

- 우리가 여기 온 건 비밀로 합세.

그들은 대장간 부부, 오르와 비스였다. 두 사람은 무언가를 챙겨 길지와 리진을 만나러 왔다. 리진이 반가운 마음에 그들에게 안겼다. 길지가 놀라 물었다.

- 형님, 형수님! 여기까지 어떤 일로 오셨어요?

- 나라가 어떻게 돌아가는지 알려줘야 할 것 같아서 왔지. 줄 것도 있고.

비스가 급변하는 정세를 길지에게 자세히 설명했다. 선왕이 죽고 어린 세자가 왕위를 계승했는데, 나이가 너무 어려서 왕의 법적 증조모가 수렴청정을 하게 되었다. 그녀가 자신의 반대 정치세력을 완전히 제거할 것이라는 소문이 전국에 퍼졌다. 반대파에는 주자학에만 치중하지 않고 실학과 서학 등의 다양한 학문을 탐구하는 이가 많았다. 비스는 이들이 정치세력에서 밀리게 되면 조선의 미래가 암울해질 것으로 예측했다. 오르와 비스는 예전부터 서학에 관심이 있었으며 마을 내에서 모임을 주도하는 인물이었다. 선왕이 살아계실 때는 세상이 발전하는 듯했으나, 순식간에 물거품이 되어버렸다며 비스가 한탄했다.

- 우리도 상황 봐서 여길 떠날지 생각 중이야. 돈을 주고 양반 산 놈들이 횡포 부리는 게 심해져.

- 어디로 가려고요?

 비스가 길지의 질문에 답을 잠시 멈추며 먼 산을 바라보았다. 답답한 기색이 얼굴에 어렸다. 옆에 있던 오르가 대신 대답했다.

- 아직 모르겠어요. 그 시기가 빨리 오지 않기를 바라고 있네요. 그나저나, 꼬마야. 반지는 사용해 봤니?

 리진이 우울한 표정으로 말했다.

- 이모, 이 반지는 상황에 따라서 색이 변하기는 하는데 왜 변하는지 모르겠고 어떻게 사용해야 하는지도 모르겠어요.

오르가 웃으면서 꼬마 소녀의 키에 맞춰 앉았다.

- 내가 우리 꼬마 손님께 설명이 부족했었네. 한번 나를 따라 해보렴. 저기 앞에 작은 나무 보이지?

- 네!

- 나무에 잎이 나오게 하고 싶다고 생각해 보렴. 나뭇잎이 어떻게 나올지 자세하게 상상해야 해. 생각하고 있니?

- 네!

- 자, 반지 낀 손을 앞으로 내밀어봐!

리진이 오르의 안내에 따라 손을 내밀었다.

- 오오!

겨울을 맞아 잎이 떨어져 있던 나무에서 잎이 다시 자라기 시작했다. 리진과 길지의 눈이 휘둥그레졌다.

- 사용법이 어렵지 않지?

- 우와! 정말 신기하네요! 이런 걸 어떻게 만드셨어요?

- 도구는 그 사람의 내면에 있는 능력이 더 잘 활용되게 도와주는 것뿐이야. 우리는 그런 장비를 만들 줄 알지. 아! 참 꼬마야. 지난번에 이야기 들어보니까 청나라 너머에서 온 것 같던데… 혹시 마녀 아니니?

- 어? 마녀를 아세요?

- 응 알지! 대장간 일을 오래 하면 세상만사 이야기를 다 듣게 되더라고. 옛날 그곳에는 금을 만드는 사람이 있다고 했어. 그 사람들 얘기를 누가 해줬는데… 모르겠다. 아무튼 그러다가 마녀의 존재도 알게 됐지. 그쪽 나라 마녀들은 나뭇가지를 꺾어다가 주문을 외운다고 하던데 사실이니? 흠… 난 그건 별로인 것 같아서 우린 좀 다르게 가고 싶었어. 어때, 괜찮은 것 같니?

리진이 손바닥을 짝짝 치며 환호했다.

- 그것보다 이게 훨씬 예뻐요! 우와. 조선 땅에서 마녀와 연금술사를 아는 사람들은 처음 봤어요.

- 그래 연금술사! 역시 알고 있구나. 우리가 좀 정보에 빠른 편이야.

오르가 머릿결을 뒤로 살랑 넘기며 자랑스럽게 말했다.

비스가 그때 뭔가 생각났다는 듯이 길지에게 물어봤다.

- 그런데 여기 고개 아랫집 사람, 누구인지 알아?

아랫집 이야기가 나오니까 길지의 눈이 빛났다.

- 아니요? 대체 누구죠?

- 나도 잘 몰라서 물어보는 거야. 이 험한 곳에 사는 게 쉽지 않을 텐데. 그 사람도 혹시 마녀 아닐까?

리진이 히죽거리며 말했다.

- 아닐 거예요. 저희도 지나가다가 봤는데 그런 느낌은 받지 못했어요.

- 그래도 보통 사람 같지 않으니까 주의해야겠어. 여기 날이 더 추워지면 내려오기 힘들까 봐 먹을 것 좀 챙겨왔어. 이제 우린 이만 가야겠네. 다음에 봐!

- 네, 형님, 형수님! 조심히 가세요.

그렇게 오르와 비스는 복면을 쓴 채로 빠른 걸음으로 돌아갔다. 리진이 반지를 바라보며 앞으로의 일을 계획하면서 슬며시 미소를 지었다. 반면 도사는 예측하기 힘든 세상이 어렵게 느껴졌다.

□■□

 리진과 길지가 순찰을 위해 준비를 마친 후 밖으로 나갔다. 땅의 기운은 평소와 다름없었고, 모시풀은 제 역할을 충실히 하고 있었다. 길지가 자연스럽게 발걸음을 아랫집으로 옮겼다.

 - 이번에 만나면 그 사람이 무슨 일을 하는지 제대로 알아봐야겠어.

리진은 빨라진 길지의 걸음을 따라가느라 애썼다.

 - 아이고, 좀 천천히 가요.

그들은 곧 그 집이 바라보이는 곳에 도착했다. 길지가 아까의 결심과 달리 더 이상 발걸음을 옮기지 못했다. 리진이 옆에서 재촉했다.

 - 도사님 어서 가요! 혹시 떨리는 거 아니죠?

 - 에이, 아니야. 쉿! 잠시만.

여인의 집에서 누군가 나왔다.

- 어? 저 사람들은?

도적골에서 활동하는 다섯 명의 도적이 여인의 집에서 나와 여인에게 꾸벅 인사하며 나갔다.

- 어머나, 저 여자 도적 무리의 수장인가 봐. 세상에…

길지가 충격을 받아 중얼거렸다. 그러나 리진은 그녀가 그렇게 보이지 않았다. 더 알아봐야겠다는 생각이 들었다. 리진이 집 쪽으로 발걸음을 옮기려 하자 길지가 그녀의 팔목을 잡았다.

- 어디 가려고 그래? 뭘 하려는 거야?

- 그냥 가서 물어보는 게 속 편할 것 같아요.

- 아이고, 그럼 안 돼. 딱 보면 모르겠니. 괜히 얽히지 말고 다시 올라가자.

- 참 생각이 많으시네요, 도사님. 진짜로 도적이라 해도 우리를 뭘 어떻게 할 수 있겠어요? 도사님은 주문을 외우면 되고, 나는 반지를 쓰면 되는데요?

- 리진아, 능력을 그렇게 함부로 사용할 생각은 말아. 그런 능력을 자주 보여주면 사람들이 탐내서 위험해질 수 있어.

- 예예~ 알겠어요. 도사님 말씀 듣겠습니다~

리진이 웬일로 순순하게 포기하며 길지의 말을 들었다. 그들은 다시 고개 위로 발걸음을 옮겼다. 길지가 앞장섰고 리진이 뒤따라갔다. 한편, 리진의 손이 수상스럽게 바삐 움직였다. 여인의 집 마당에 있는 돼지가 그 손짓에 반응했다. 리진이 은밀한 미소를 지었다. 길지는 이 사실을 몰랐다.

길지와 꼬마 마녀가 이제 익숙한 길을 따라 거처에 금방 도착했다.

- 오늘도 힘들었네! 날이 더 추워지면 점점 나가기도 힘들겠어.

길지가 구시렁거리며 방에 들어가 겉옷을 걸었다.

[쿵쿵쿵쿵]

무언가 달려오는 소리에 놀라 길지가 다시 들어온 문으로 나왔다.

- 이게 무슨 소리지? … 어랏!

길지가 대문으로 달려오는 돼지를 보고 깜짝 놀랐다.

- 리진아! 내 방으로 들어와. 어서!

리진이 들어오자 바로 길지가 문에 결계를 쳤다. 돼지는 마치 방 안까지 들어올 기세였다.

- 저 돼지는 어디서 온 거야! 아랫집에서 우리를 따라온 건가?

길지가 놀란 가슴에 숨을 가쁘게 쉬었다. 시간이 좀 지나고 결계를 뚫고 들어오려고 했던 돼지의 흥분이 좀 가라앉았다. 그때 어디선가 희미하게 아랫집 여인의 목소리가 들렸다. 크게 소리를 내지 못하고 문밖에서 조용히 불안하게 돼지를 부르는 소리였다.

- 거기 들어가면 어떻게 해! 어서 나와!

- 킁킁, 킁킁.

- 에고… 이걸 어쩐담.

여인이 대문 밖에서 들어오지 못하고 계속 서성거렸다. 길지와 리진이 문틈으로 밖을 봤다.

- 어? 아랫집 그 분이네?

리진이 도사의 등을 떠밀었다.

- 어서 나가봐요! 돼지가 도망쳐서 잡으러 왔나 봐요!

갑작스러운 여인의 등장에 길지가 안절부절못했다. 겉옷을 입었다 벗었다, 방안을 왔다 갔다, 일어났다 앉았다, 정신없었다. 리진이 길지를 포기한 듯한 표정으로 바라보기만 했다. 그가 마음의 준비를 마치고 문밖으로 나가자, 여인은 이미 없고 마당에는 돼지만이 남아있었다.

- 으악! 도사님, 정말 답답하네요. 말 한마디도 어려우세요?

- 어이 진정해. 도사는 여인을 마음에 두면 안 된다고.

- 제가 볼 때는요, 이미 늦었어요. 도사님은 저 분에게 아주 푹 빠졌다고요. 그리고 도사 규정 핑계 대기엔 이미 저랑 이렇게 지내는 걸로도 충분히 문제거든요?

- 킁킁, 킁킁

둘이 티격태격하는 동안, 돼지는 마치 자기 집인 것처럼 마당을 냄새 맡으며 돌아다녔다.

- 이 녀석을 어떻게 해야 하지? 대체 왜 여기로 왔을까?

길지가 돼지를 짠하게 바라보며 말했다.

- 돼지야. 어쩔 수 없지만 다시 네 집으로 돌아가야 해. 주인이 걱정하고 있단다.

돼지는 그럴 마음이 없어 보였다. 리진이 길지에게 제안했다.

- 도사님, 그냥 잠시 이렇게 둬보세요. 집이 그리워져서 스스로 돌아갈 수도 있잖아요.

- 그래, 시간을 줘보자.

돼지가 킁킁대며 다시 마당을 돌아다녔다. 리진은 돼지를 보면서 입을 쩝 다셨다.

□■□■

돼지는 이틀이 지나서야 도사의 집을 떠났다. 아랫집 주인이자 신비로움에 쌓인 여인, 이선은 돼지가 돌아온 것을 보고 반가웠지만, 혼부터 냈다.

- 이놈아! 그렇게 집을 나가면 어쩌자는 거야!

이선은 남편을 잃은 과부였다. 당시에는 과부가 홀아비의 집에 들어가는 것이 큰일로 여겨졌다. 그녀는 윗집 남자가 어떤 여자아이와 함께 있는 것을 목격했다. 그 남자 역시 아내를 잃은 것처럼 보였다.

그녀는 과부가 되기 전부터 안타까운 삶을 살았다. 가난한 집안에서 태어난 이선은 15살에 부잣집으로 시집을 갔다. 사실상 그것은 팔려 가는 것이나 다름없었다. 그녀의 남편은 원래 양반이 아니었지만, 돈이 많아 신분을 높일 수 있었다. 성씨도 제대로 없던 사람이었지만 새로운 부자의 삶을 살겠다며 그는 《신부자》라고 이름을 지었다. 자만하고 겸손이 부족했던 부자는 자신이 뛰어나서 양반이 됐다고 생각했다. 존중 역시 부족했던 그는 어린 아내를 거지 취급하며 안사람으로 제대로 인정하지 않았다. 그러면서 본인은 바깥 생활을 즐겼다.

한편, 집안의 하인들과 주변 사람은 이선을 몰래 따랐다. 그녀는 깊은 인정과 사랑으로 주위를 챙겼다.

- 이런 걸 또 주시면 어째요! 나리가 알면 저희는 죽습니다요.

이선은 맛있는 음식을 만들어 제대로 끼니도 못 챙기는 사람들을 위해 나눠 주었다. 그러던 어느 날, 부자가 바깥에서 돌아와 그런 이선의 모습을 발견했다. 그는 화를 주체하지 못하고 그녀를 발로 차고 끌어내 마당에서 매를 쳤다.

- 이 년 보소? 내 재산이 네 것처럼 보이냐? 어?

부자가 발길질해도 하인들은 말리지 못했다. 아낙네들은 뒤에서 숨죽여 울었다. 그 후로 매일, 틈틈이, 이선의 비명이 집안을 채웠다. 부자는 아래 사람들에게 엄포를 놓았다. 같은 꼴을 당하기 싫다면 똑바로 하라고.

 바깥세상을 즐기러 부자가 밖으로 나가도 집안은 살얼음판이었다. 자칫 희미한 웃음소리조차 난다면 부자가 찾아와 해코지할 것 같아 모두가 쥐 죽은 듯 살았다. 영원히 고요함은 깨지지 않을 기세였다. 그러나 채 며칠이 지나지 않아 웃음소리가 다시 집안에 울렸다. 새로운 부인이 집안에 들어왔다. 부자가 마음에 들지 않는 이선을 대신할 첩을 들였다. 혼인한 지 몇 년째이지만 이선과 부자 사이에는 아이가 없었다. 첩은 금방 아이를 가졌다. 어떤 이는 이미 그녀가 아이를 가진 채로 들어왔다고 수군거렸다. 심지어 아이는 아들이었다. 이선은 본처였지만, 첩보다 못한 삶을 살게 됐다.

 그렇게 수년이 흘렀다. 부자는 집에서 첩과 아들을 사랑하는 아비로 활동했지만, 이는 자신의 신분에 맞게 생활하려는 노력일 뿐이었다. 뒤돌아서면 개 버릇 남 못 주고 바깥 생활을 했는데, 그는 첩과의 관계에도 내심 만족하지 못했는지 다시 큰 사고를 쳤다. 사고 대상자는 신분이 낮은 당돌한 여인이었다. 그녀는 임신한 상태로 용감하게 신부자의 집에 쳐들어와 자신을 책임지라고 외쳤다. 하인들이 당황하며 서 있자, 부자가 대청마루에서 고함을 질렀다.

- 뭣들하고 있는 게냐! 어서 저년을 끌어내지 못할까!

 하인들이 그녀를 잡아 끌어내려 하자, 그녀가 목에 은장도를 대고 위협했다.

- 다가오지 마! 다가오면 바로 여기서 죽어버릴 거야.

 모두가 멈칫한 사이 뒤에서 쿵쿵거리며 다가오는 사람이 있었다. 첩은 한껏 화난 얼굴로 그녀에게 다가가 뺨을 후려 갈겼다. 이름 없는 여인은 은장도와 함께 고개를 떨궜다.

- 어디서 이런 천한 년이 뭐가 잘났다고 이 난리냐! 네 몸을 잘 관리하지 못한 걸 누구에게 탓을 돌리는 게야?

- 예? 이게 제 잘못이라고요? 어찌 같은 여인께서 말을 그리하실 수 있습니까?

- 같은 여인? 허허! 거참 낯짝도 두껍구나. 돈이 필요해서 이러는 게냐? 그래. 너 같은 년은 돈이면 다겠지. 얼마나 필요한지 말해보거라.

- 말씀이 지나치십니다! 저는 억울함을 풀려고 왔습니다!

 첩은 더 이상 말을 잇고 싶지 않아 하인들에게 끌어내라는 손짓을 했다. 하지만 여인이 격렬하게 몸부림치자 쉽게 내보낼 수 없었다. 부자는 지지부진한 상황에 짜증이 났다.

- 거참 말로는 안 되는 년일세. 안 되겠다! 흠씬 두들겨라!

하인들이 명령에 따라 그녀를 때리기 시작했다. 그때 이선이 달려와 그녀 앞을 막으며 외쳤다.

- 이게 무슨 짓입니까! 이 여인은 아이가 있는 사람입니다!

부자가 무관심하게 말을 덧붙였다.

- 저년도 같이 때려서 쫓아내라!

하인들이 다시 몽둥이를 들어 올릴 때, 이선은 두 눈을 꽉 감았다. 그때 이선 뒤에 있던 여인이 틈을 타 주방으로 돌진했다. 순식간에 일어난 일이었다. 그녀가 가마솥 밑에서 타고 있는 장작을 양손에 들고 집 안으로 들어갔다. 부자가 그녀를 제압하려고 따라갔는데, 그것은 좋지 못한 선택이었다. 여인은 미리 계획한 것처럼 호롱불의 기름을 부자의 머리에 뿌렸다. 급하게 따라오느라 갓이 벗겨진 신부자의 상투 안으로 기름이 스며들었다. 그는 얼떨떨하게 미소가 깃든 여인의 얼굴을 마주했다. 그녀의 입은 웃고 있었지만, 두 눈엔 눈물이 흘러내리고 있었다.

- 나쁜 새끼.

 여인은 이 말을 남기고 그의 머리에 장작을 던졌다. 부자에게는 이후 모든 장면이 느린 화면처럼 보였다. 장작이 핑그르르 돌면서 정확하게 그의 상투 꼭지를 향했다. 상투가 양초처럼 타올랐다. 부딪혀 떨어진 장작은 불의 씨앗이 되었다. 그 씨앗은 기름과 만나 금방 자라 큰 열매를 맺었다. 이후 본격적인 뜨거움이 찾아왔다. 신부자는 뜨거움과 당황함 속에서 이리저리 날뛰었다. 불이 여기저기 붙어 퍼져나갔다. 부자와 첩이 뒹굴던 이불, 양반인 척 쌓아둔 책은 훌륭한 연료가 되었다. 집이 화마에 휩싸였다. 하인들이 문을 열고 들어오려 했지만, 여인이 온몸으로 문을 막았다. 그녀는 그렇게 마지막 장작이 되었다.

 건조한 날씨와 강한 바람이 불어오면서 불길은 쉽게 주변으로 번져갔다. 불이 퍼져나가자, 모든 사람이 불을 끄기 위해 애썼다. 이선도 불을 끄려고 우물로 달려가는데, 누군가가 이선을 잡아 옆으로 끌었다. 그 사람은 평소 이선을 따르던 하인, 말똥이었다. 말똥이는 이선을 돼지우리로 데려가 새끼 돼지[8]를 바구니에 담아 이선에게 주며 말했다.

---

[8] 조선시대의 돼지 : 조선시대의 돼지고기는 소고기보다 비쌌다고 전해진다. 같은 1kg을 살찌울 때 개나 소보다 돼지가 먹는 양이 많아 경제적으로 불리했다. 작품 중에는 허세로 점철된 신부자의 특성을 부각하고자 그가 집에서 돼지우리를 갖춰 돼지를 사육하는 배경으로 설정했다. 참고로 조선시대의 돼지는 현재의 개량 돼지와 다른 재래 돼지였다. 재래 돼지는 개량 돼지에 비해 크기가 작았다.

- 이선 아씨[9]! 어서 도망가셔요. 지금이 기회예요.

- 뭐라고요?

- 얼른 도망가세요. 얼른! 어서 가시라고요!

 이선은 말똥이의 채근에 떠밀려 돼지와 함께 도망쳤다. 마을 사람의 눈길은 모두 불길에만 향했다. 뚜렷한 계획이나 목적지 없이 나온 그녀였다. 이선은 사람의 눈을 피해야 했기에, 일반적인 길을 택할 수 없었고, 어쩔 수 없이 악명 높은 도적골로 가게 되었다.

 도적골은 소문대로 스산했다. 인기척이 전혀 느껴지지 않았다. 어느 정도 길을 간 그녀가 잠깐 숨을 내쉬었다. 그 소리를 들었던 걸까. 도적이 눈앞에 나타났다.

- 젊은 아씨가 이런 험한 곳에 웬일이래?

 험악한 모습을 드러낸 도적들이 깔깔 웃었다. 웃음소리가 사람을 움츠러들게 했다. 그런데 도적 중 하나가 이상하다는 듯 이선을 몇 번이고 훑어보았다. 그가 고개를 갸웃거리며 조심스럽게 물었다.

- 혹시 저기… 이선 아씨 아니어요?

---

9) 아씨 : 신분이 낮은 사람이 상전 집이나 양반집의 젊은 부인이나 처녀를 이르거나 부르던 말.

나머지 도적들이 의아해하며 그를 쳐다봤다.

 - 자네 아는 사람인가?

이선도 그를 보고 놀랐다.

 - 아니! 자네가 왜 여기에…?

 - 아씨 맞지요?! 저 팔봉이에요! 아이고 아씨, 이게 무슨 꼴이래요. 아이고~

 팔봉이가 그 자리에 주저앉아 통곡했다. 그는 이선을 따르던 머슴 중 하나였는데, 신부자의 핍박에 시달리다 도망쳐 도적이 되었다. 그가 이선에 대한 이야기를 다른 도적들에게 말하자, 그들의 눈시울이 붉어졌다. 이선이 그간의 일을 추가로 설명했다. 팔봉이의 얼굴이 그제야 펴졌다.

 - 신부자 나쁜 놈. 결국 그렇게 됐군요. 잘됐네요!

 팔봉이와 도적들은 이선을 데리고 도적 두목에게 갔다. 그들은 도적 두목에게 이선을 도적골 한곳에서 살게 하고 지켜주기를 부탁했다. 두목은 평소에 보기 힘든 부하들의 인간미에 놀라 이선을 높이 평가하고, 아무도 건드리지 못하게 지시했다. 이후 도적들은 자주 이선의 집에 찾아와 그녀가 만들어 주는 음식을 즐겼다. 이선은 도적들이 가져다주는 재료로 그들을 위한 요리를 했다.

- 와~ 정말 맛있어요!

- 아주 묘약이여 묘약! 힘이 펄펄 납니다!

그들은 음식을 먹으며 이선에게 자신들의 고충을 털어놓곤 했다. 이선은 무거운 아픔을 들어주며 위로의 말을 건넸다. 험악한 외모를 갖춘 도적골 사내들은 그녀의 집에서 웃기도 하고 울기도 했다. 이선의 따뜻한 마음에 땅의 악한 기운마저도 힘을 잃었다.

□■□■

이선은 신부자의 집에서 데려온 돼지를 마당에서 자유롭게 키웠다. 돼지는 울타리 안과 밖을 자유롭게 돌아다니며 땅을 다져주고, 파충류나 해충으로부터 이선을 보호해 주었다. 이선은 때때로 돼지와 함께 산책하며 시간을 보냈다.

그러던 어느 날, 평소와 다르게 돼지가 이탈 행동을 보였다. 마당에서 이전까지 밖을 스스로 나간 적이 없던 돼지가 대문을 벗어나 고개 위쪽으로 달려갔다. 이선이 열심히 따라가 잡으려 했으나 돼지가 어느 홀아비 집에 들어가는 바람에 꺼내올 수가 없었다. 며칠이 지나 돼지가 다시 집에 돌아왔을 때 반가우면서도 속상한 마음에 이선은 돼지를 나무랐다.

그래서 그랬던 것일까. 돼지는 집에 돌아온 지 며칠이 채 되지 않아 다시 탈출을 시도했다. 지난번처럼 돼지는 고개 위에 있는 그 집으로 향했다. 이선이 이번에도 놓칠 수 없어서 빠른 속도로 뛰어 따라갔다. 돼지가 길지의 집 대문에 거의 도착한 순간, 이선이 돼지를 추월하여 대문 앞을 양팔로 쫙 뻗어 막았다. 하지만 속도를 늦추기 어려웠던 돼지는 이선과 그대로 충돌했다.

[퍽!]

이선과 충돌한 돼지가 더욱 흥분하여 마당에서 날뛰었다. 그 소란에 길지와 리진이 급하게 마당으로 나왔다. 길지가 넘어진 이선에게 달려가 그녀를 부축하면서 리진에게 눈짓으로 물었다.

'이번에도 네 짓이냐?'

리진이 고개로만 절레절레 답했다. 잠깐만, 이 사람 다 알고 있었네?

길지가 리진에게 찜질할 천과 따뜻한 물을 가져다 달라고 했고 방 안에 이선을 눕혔다. 리진이 천과 물을 가져다주자 길지는 주문을 외우며 이선의 허리를 찜질하기 시작했다. 이선은 아파 움직이기 어려운 것보다 낯선 남자가 자신의 허리를 만지며 찜질해 주는 게 더 신경 쓰였다. 애초에 그 공간에 아무 관계 없는 남녀가 함께 있는 상황 자체가 불편

했다. 리진이 이선의 불편함을 눈치채고 안심의 말을 건넸다.

- 걱정하지 마세요. 이분은 그냥 남자가 아니라 도사님이에요. 허튼짓 못 해요.

- 어허, 쓸데없는 말씀이 많으시오. 꼬마 마녀님.

 길지가 리진을 향해 눈을 치켜떴다. 리진의 말에 이선은 긴장이 풀려 피식 웃었다.

- 아씨까지 날 비웃네. 도사가 뭔 죄야~

 길지는 도사 규정이 오늘따라 유독 원망스러웠다. 그래도 살짝이라도 웃는 이선의 모습에 마음이 놓였다. 그는 그녀가 더 자주 웃는 일이 생겼으면 좋겠다고 생각하면서도 주체 안 되는 자기 마음을 보고 착잡해졌다.

 리진이 이선의 회복을 위한 차를 내렸다. 차의 향이 방안에 퍼지자, 길지까지 몸이 편안해지는 것을 느꼈다. 이선 역시 긴장이 풀어졌다. 돼지는 마당에서 얌전히 있었다. 찜질이 끝나고 이선이 일어나려 하자 길지가 황급히 만류했다.

- 지금 섣불리 움직이다간 더 다쳐요. 좀 더 그대로 쉬셔요.

- 도사님… 지아비를 섬겼던 저입니다. 이렇게 있는 건 말이 안 돼요.

- 아씨는 지금 아픈 사람이에요. 그런 거 따질 때가 아니라고요. 제발 제 말 들으세요. 그럼 편안히 쉬세요!

길지가 이선이 편히 쉴 수 있도록 급히 자리에서 일어났다. 리진도 이선이 쉴 수 있게 길지를 따라 나왔다.

- 오~ 도사님. 오늘 좀 멋진데요?

- 오늘만? 말도 안 돼.

- 제가 괜한 말을 했네요.

□■□■

3일이 지나 비로소 이선이 몸을 일으킬 수 있었다. 그동안 길지와 리진의 극진한 간호에 그녀는 빠르게 회복할 수 있었다. 이선이 감사의 표현을 했다.

- 정말 고맙습니다. 제가 너무 신세를 졌네요.

- 그런 말씀 마셔요. 회복이 빨리 되어서 다행이어요.

이선의 빠른 회복은 길지에겐 반가움과 동시에 아쉬움이었다. 사랑은 도(道)보다 어려웠다. 그 둘은 비슷해 보여도 엄연히 다른 길이었다.

 - 저기… 그…

길지가 머뭇거렸다. 이선은 뒤에 이어질 말을 기다렸다.

 - 음… 있잖아요. 그 참 뭐랄까.

보다 못한 리진이 답답함을 터트렸다.

 - 도~사~~님~~~! 돌~ 굴러가~~유~!

 - 응? 돌이 굴러와? 어디?

길지가 놀라 눈이 동그래져 주변을 두리번거렸다. 이선은 리진이 뭘 흉내 냈는지 알아차리고 픽 웃었다. 옆 동네 쌍봉산에서 유래된 한 아버지와 아들 이야기였다. 그 두 사람이 쌍봉산에 오르고 있었는데, 어떤 큰 돌이 위험하게 그들을 향해 굴러왔다. 먼저 올라가면서 돌을 발견한 아들은 돌을 피했다. 그러면서 뒤에 따라오던 아버지께 알려준다고 그가 이렇게 소리쳤다.

 - 아~버~~지~~~! 돌~ 굴러가~~유~!

그러나 아들 말이 너무 느린 나머지, 말이 끝나기도 전에 아버지가 돌에 맞아 숨졌다는 전설이었다. 그 내용이 사실인지 아닌지 모르겠지만, 충청도 특유의 느린 언어 특성을 비꼴 때 인용되는 이야기였다. 리진이 유독 이선 앞에서만 머뭇거리는 길지의 행동을 답답해해 이와 빗대 놀렸다. 그녀가 자신을 노려보는 길지를 무시하고 열심히 웃다가 대신 이선에게 말했다.

 - 이선 아씨, 언제 저희 한번 아씨 집에 놀러 가도 돼요?

 - 그럼요! 당연하죠! 오면 맛있는 거 해줄게요.

 길지가 속으로 환호했지만, 겉으론 점잔 떨며 얘기했다.

 - 아직 몸이 성치 않으실 거예요. 제가 종종 가서 치료 도울게요.

 이선이 선뜻 대답을 못하고 얼굴을 붉혔다. 리진이 또 놀리려고 입을 열려고 할 때, 도적 한 무리가 집 대문으로 우당탕 들어왔다. 그중에 팔봉이도 있었다.

 - 아니! 아씨가 왜 이 집에 있어요? 이 도사가 허튼짓한 건 아녀요?

 평상시 도사가 무서워 대들지 못했던 팔봉이가 팔을 걷어붙이고 길지에게 따지러 갔다.

- 아니 여보게. 나는 그저…

- 꼴에 남자라고 보는 눈은 있네요? 도사가 여인을 탐내는 건 안 되는 걸로 알고 있는데?

나머지 도적들이 열 내는 팔봉이를 말렸고 리진도 길지를 뒤로 물러나게 했다. 이선이 팔봉이를 진정시키며 말했다.

- 내가 크게 다쳤었는데 도사님 덕분에 나았다네. 그러니 화내지 마시게나.

팔봉이는 여전히 씩씩거렸지만, 이선의 말에 물러섰다. 길지가 옷매무새를 다듬고 화두를 돌렸다.

- 그나저나 평상시에 보기 힘든 자네들이 이 집에는 어쩐 일로 오셨는가?

도적 중 한 명이 말했다.

- 도사님. 요즘 소식 들었어요?

- 무슨 소식 말이오?

- 요새 전국에 피바람이 불고 있어요. 조정에서 사학[10]

---
10) 사학(邪學) : 주자학에 반대되는 학문 또는 주자학 이외의 거짓된 학문. 조선 중기에는 양명학, 후기에는 천주교(서학)나 동학을 뜻한다.

때려잡는다고 난리예요.

길지가 고개를 절레절레 흔들었다.

 - 흠… 자기들 반대파를 없애려고 하는 것 같소. 반대도 있어야 하는 법인데.

그때 갑자기 대장간 부부가 여러 사람을 데리고 대문으로 들어왔다. 오르와 비스는 도적들과 이미 알고 지낸 사람처럼 인사했다. 길지는 그들이 반가우면서도 갑작스러웠다. 가장 앞장서서 들어온 비스가 길지 앞으로 왔다.

 - 이보게. 잘 지냈지?

 - 비스 형님! 다시 어인 일로 오셨어요? 이 자들과 알아요?

 - 잉. 알지. 도적들. 나쁜 놈들 벌주는 도적들. 간혹 아닌 사람도 건들긴 하지만… 이 사람들이 아무나 다 터는 줄 아는가? 아니야. 자네도 알겠지만, 이 자들 모두 세상에서 이놈, 저놈한테 당해서 온 사람들이야. 그러니까 돈 많고 나쁜 양반 놈들만 보면 눈이 돌지. 아, 그나저나 팔봉아. 너희들 최근에 신부자도 털었냐?

팔봉이가 모른다는 의미로 어깨를 으쓱하며 말했다.

- 신부자? 그자가 살아 있어요? 아…! 설마… 온몸에 상처가 그득하고 머리 벗겨졌던 그놈? 이제 생각해 보니 그자가 맞는 거 같네요! 저 전혀 눈치 못 챘어요. 의도치 않게 복수했네?

- 지금 마을이 난리야. 신부자 이 새끼가 앞장서서 주민들을 죽이고 있어!

- 예? 그게 무슨 말씀이세요?

이선이 깜짝 놀라 중간에 끼어들었다. 그녀는 그가 살아 있다는 사실에 먼저 놀랐고, 그가 사람들을 죽인다는 소리에 경악했다. 비스가 착잡하게 말했다.

- 신부자가 그 큰 화재에도 죽지 않고 살아 있었어. 명도 길지. 몸과 머리에 화상은 입었는데 생명에는 지장이 없었어. 불 제대로 못 껐다고 머슴들 패고… 며칠 후에 본처가 누구 때문에 도망갔는지 어찌 알았는가 그자를 결국 자기 손으로 죽였다네. 에효…

이선은 자신을 도와준 말똥이가 처참한 꼴을 당했다는 소식에 주저앉았다. 그녀가 무릎을 끌어안고 펑펑 울었다. 팔봉이가 신부자와 그녀의 관계에 대해서 아무것도 모르는 길지와 주위 사람에게 대략 설명했다. 리진이 이선을 위로하며 안았다. 길지는 신부자가 왜 다른 주민들을 죽이는지 궁금했다.

- 그 사람은 왜 마을 사람들을 죽인답니까?

- 조정이 이성을 잃어버렸어. 선왕께서는 서학에 대해 크게 긍정적이지도 부정적이지도 않았지만, 이제는 그렇지 않아. 청나라에서 온 천주교 신부까지 사형당했어. 정약종 선생도 당했고, 그의 동생 정약용 선생은 귀양 갔어. 더 큰 문제는 조정이 백성들끼리 서로 고발하게끔 이간질하기 시작했다는 거야. 오가작통법[11]을 활용하고 있는데 그걸 신부자가 앞장서서 행동하고 관군을 이용하고 있어. 우리도 겨우 필요한 짐만 챙겨 도망칠 수밖에 없었어.

오르가 비스의 말을 이어받았다.

- 여기 도적골에도 관군들이 들이닥칠 거예요. 신부자가 이선 아씨께서 여기 있다는 걸 알고 있는 건지, 아니면 지난번에 여러분에게 당해 복수를 위한 건지, 무엇이 되었든 그가 여기를 서학인의 본거지라고 찍었어요. 인근 지역의 군사까지 지원받아 오겠다고 해요.

오르와 비스의 말에 사람들이 웅성거렸다. 길지가 상황 파악을 끝내고 팔봉이에게 말했다.

---

11) 오가작통법(五家作統法) : 범죄자 색출과 세금 징수·부역의 동원 따위를 위하여 다섯 민호(民戶)를 한 통씩 묶던 호적 제도. 백성의 반란을 예방하기 위해 서로 감시하고 통제하는 제도였고, 천주교 탄압 때도 사용되었다.

- 이보시게. 당신들은 얼른 이곳을 떠나시게.

- 예?

- 시간이 없네. 이곳을 떠나 다른 곳에 거처를 구하게. 자네들은 적응력이 좋으니까 금방 자리 잡을 걸세. 가서는 도적질 말고 다른 일을 하시게나. 여기서 신부자에게 잡히면 모두가 위험해. 어서 움직이세!

- 죽어도 여기서 맞서 싸우고 죽을 거요! … 억!

길지가 죽음을 쉽게 말하는 팔봉이의 등을 때렸다.

- 시끄럽네! 어서 가! 이곳은 내게 맡기게. 자네는 여기 형님네랑 가면 최소한 굶어 죽을 걱정은 없을 거야. 가서 기술 배워 꼭 세상에 필요한 사람이 되시게나. 얼른 가! 얼른!

 팔봉이와 도적 무리는 이선 아씨를 두고 가기 싫었지만, 상황이 허락지 않았다. 이선이 그들의 설득을 만류하고 길지와 리진과 함께 하겠다고 했다. 길지가 떠나는 무리와 대장간 부부에게 인사했고, 리진은 오르의 품에 안겨 한동안 떨어지지 못했다. 팔봉이가 이선 아씨에게 큰절을 올리고 일어나자 떠날 무리는 각자의 방향으로 움직였다. 모두가 떠나자 길지가 리진에게 때가 됐다는 듯이 말했다.

- 리진아, 짐 챙기자.

- 저… 혹시 돼지를 데리고 함께 가도 괜찮을까요?

이선이 길지에게 조심스럽게 물었다.

- 그럼요. 당연하죠. 처음부터 같이 가는 걸로 생각하고 있었어요.

헤헤거리는 길지 뒤로 리진이 처음 도적골에 왔을 때의 짐 하나를 메고 나왔다.

- 저는 준비 끝났어요. 도사님도 어서 짐을 챙기세요!

길지도 별다른 짐이 없었다. 지팡이 하나와 삿갓, 그리고 주문이 적힌 책과 다른 책 몇 권이 담긴 책보가 전부였다.

- 가자!

도사의 집을 떠난 그들은 이내 이선의 집에 도착했다. 이선이 집으로 들어가 간단하게 짐을 꾸리고 마당의 돼지에게 끈을 맸다.

- 저도 모든 준비를 마쳤어요. 이제 어디로 가면 될까요?

- 북쪽으로 가면 조정에 가까워지니, 최대한 남쪽으로 갑시다.

길지가 말을 끝마치고 문밖으로 나섰다. 그때,

[피-융]

어디선가 화살이 날아와 길지의 머리 옆 문틀에 박혔다. 길지가 풀리는 다리를 꽉 잡았다.

'와 씨, 지릴 뻔했다. 뭐지 갑자기?'

앞을 보니 도적골에 진입한 병사들이 그들을 향해 달려오고 있었다.

- 앗! 어서 갑시다. 뛰어!

길지가 잠시 남아 뒤를 지키고 리진과 이선은 앞만 보고 달렸다. 허공에 손짓으로 주문을 적은 길지는 두 손을 펴 앞으로 살짝 밀었다. 공중에 적힌 주문이 병사들에게 다가가면서 커졌다. 병사들은 벽에 부딪힌 듯 쓰러졌다. 길지가 계속 도망치면서 중간중간 함정을 만들었다. 갈수록 쫓아오는 무리와의 격차가 벌어졌다. 어느 정도 따돌렸다고 생각한 그들은 잠시 멈춰 숨을 돌렸다.

- 휴, 겨우 따돌린 것 같네요.

- 아… 아닌 것 같은데요.

 뒤에서 말발굽 소리가 들렸다. 길지가 주문으로 계속 훼방을 놓았지만, 쫓아오는 병사들이 너무 많았다. 또한 돼지와 함께 도망치다 보니 속도가 나지 않았다. 그들은 결국 도적골을 빠져나가지 못하고 포위당했다. 길지가 추격자들이 어느 정도 거리 이상 다가오지 못하게 주문으로 결계를 쳤다. 병사들이 결계 주위로 도착해 주위를 에둘러 쌌다.

- 하하하! 멀리 못 가셨네?

 기분 나쁜 목소리의 소유자가 병사 사이를 비집고 말을 탄 채 나타났다. 갓으로 가려도 잘 가려지지 않은 화상 자국이 신부자임을 알려줬다.

- 뭣들 하는 게냐. 저자들을 포박해 내 앞에 끌고 오지 못하고.

 병사들이 명령에 따라 결계 안으로 들어갔지만, 몸이 타는 듯한 느낌이 들어 깊이 가지 못했다. 부자가 바닥에 침을 뱉으면서 결계 안을 노려보았다. 그러곤 그는 낄낄거리면서 소리쳤다.

- 예쁜 우리 아내! 잘 살아 있었네? 도사님, 남의 아내를 그렇게 데려가는 게 도사의 법도입니까? 어서 좋은 말로 할 때 내놓으세요~!

리진이 이선의 손을 꽉 잡았다. 길지가 이들 앞에 서서 부자에게 호통쳤다.

 - 어째 배웠다는 양반께서 사람을 내놓으라 말라 하십니까? 격 떨어지게. 아, 돈으로 격까지는 못 사나 봅니다? 허허.

부자가 도사의 도발에 분노했다.

 - 저놈이 뚫린 게 입이라더니, 아무 말이나 내뱉는구나!

 - 당신 역시 눈이 뚫려 있는데 왜 뵈는 게 없소?

 - 닥쳐라, 이놈! 숨어서 그렇게 입만 놀리지 말고 어서 이 결계를 풀어라! 치사하게 말이야.

 - 음, 안 돼. 난 지금 죽기 싫거든. 나도 제대로 된 사랑을 해보고 싶어.

리진과 이선이 길지의 말에 놀라 서로를 바라보고 길지의 뒤통수를 쳐다봤다. 부자가 또다시 바닥으로 침을 뱉었다.

 - 참나. 도사가 사랑이라니, 하늘이 노할 소리다!

 - 너를 보고도 하늘이 그냥 두는데, 나를 보고 노하겠나?

이선이 뒤에서 피식 웃자 부자가 그 모습을 보고 흥분하며 역한 말을 입에 담았다.

- 저년 보소? 웃겨? 웃기냐고. 아주 딴 놈이랑 놀아나고 신났네? 넌 나한테 잡히면 바로 죽는 줄 알아.

- 이봐.

길지가 부자의 눈을 노려보며 저음의 목소리로 그를 불렀다. 입을 조그맣게 열어 작게 말한 것 같았지만, 그 말의 울림은 보이는 것과 다르게 골짜기 전역에 퍼졌다.

- 이 여인은, 네가 함부로 말할 사람이 아니다.

부자가 화난 도사를 정면으로 상대할 수 없다는 걸 눈치껏 알았기에 다른 계략을 썼다.

- 아이고~ 도사님 무서워서 원, 그래! 그렇게들 있어. 우리는 갈게!

부자가 아무렇지 않은 척하고 뒤를 돌아섰다. 그러곤 병사들에게 지시했다.

- 주변을 모두 불 질러라!

도적골에서 된통 당하고 그곳을 조사한 신부자였다. 악랄

한 그는 악한 땅을 이용하려 했고, 악한 땅 역시 그를 이용했다. 악과 악이 만나서 큰 기운을 이루자, 불길이 걷잡을 수 없이 퍼졌다. 부자는 도사 일행의 당황함을 눈치채고 병사가 들고 있던 횃불까지 뺏어 주변의 모시를 지폈다. 모시가 타자 땅의 악한 기운이 나와 결계를 무력화시키려고 했다. 보다 못한 이선이 길지에게 말했다.

 - 도사님. 그냥 제가 넘어갈게요. 모두가 위험해요.

 - 안 돼요. 절대 안 돼요.

 길지가 이선을 꽉 안았다. 위급한 상황 속에서 사랑이 당돌해졌다. 리진이 옆에서 괜히 낯부끄러워했다. 리진은 원래 살던 곳에서 이런 애정 표현을 보는 게 익숙했는데 조선에서는 볼 수 없었던 터라 더 그랬다. 한편 그들의 애정 행각을 본 부자는 더욱 화내며 불을 확산시켰다. 주변의 모시가 걷잡을 수 없게 타오르자, 악의 기운으로 가득 찬 땅이 결국 결계를 삼켰다. 결계가 무너지자, 병사들이 다가와 이들을 포박했다. 부자가 이때다 싶어 길지에게 달려들어 마구 때렸다. 길지는 몸을 보호하는 주문도 외우지 못한 채 맞았다. 그는 자신이 맞는 건 괜찮았지만, 이선과 리진이 심하게 당할지 걱정됐다. 그런 생각을 읽었는지 부자가 길지 때리는 걸 멈추고 본처를 발로 차 넘어뜨렸다. 이선이 비명을 지르며 뒤로 넘어졌다. 리진이 이선 앞을 가로막자, 눈이 돌은 부자는 그녀가 꼬마여도 상관하지 않고 뺨을 올려 쳤다. 그 힘이 어찌나 셌는지 리진의 몸이 붕 떠 옆으로 나가떨어졌다.

- 이야~ 누가 보면 내가 한 가정을 파탄 내는 것처럼 보이겠네.

신부자 눈동자의 초점이 사라졌다. 그의 입은 악마의 미소처럼 벌어져 더욱 섬뜩한 얼굴이 되었다. 그는 넘어져 있는 이선에게 다가가 치맛자락을 발로 들추려 했다. 이선이 절박한 표정으로 몸을 비틀며 피하려고 애를 썼다. 그러나 부자는 어떻게든 사람들 앞에서 그녀를 욕되게 하고 싶었다. 이렇게 하면 세상의 손가락질이 나중에 이 여자로 향하게 될 테니까. 정절을 잃은 그녀의 목소리를 세상은 듣지 않을 테니까. 아참! 그때는 이미 이년이 죽어 저승에서나 목소리가 울리겠구나.

이성의 통제를 잃은 부자가 자신의 본능에 따라 이선을 향해 돌진하려 했다. 그런데 바로 옆에, 차가운 무언가가 다가와 있었다. 곧이어 소름 돋는 여자아이의 목소리가 귀 옆에서 울렸다.

- 아저씨.

목소리의 주인공은 리진이었다. 그녀의 눈도 역시 초점을 잃고, 충혈되어 있었다. 마치 귀신이 움직이는 듯했다. 부자와 다른 병사들은 놀라 경직되었다. 리진 오른손에 있는 반지 수정이 빨갛게 변해 터질 지경이였다. 그녀가 반지 낀 손가락을 신부자 이마로 뻗었다. 그러곤 리진이 씩 웃으며 고개를 오른쪽으로 까딱했다.

 - 윽!

 신부자가 머리에 총을 맞은 듯 뒤로 고꾸라졌다. 다리는 그대로 있었고 허리가 뒤로 접혔다. 거꾸로 세상을 바라보게 된 신부자의 눈은 영원히 감기지 않았다. 몸을 떠난 영혼이 갈 곳을 잃어 정처 없이 헤맸다. 이 모습을 본 길지가 두 눈을 질끈 감았다.

 - 아… 흑마법이…

 악(惡)이 악을 낳았고 기존의 악은 새로운 악으로 변했다. 리진의 분노가 악한 기운과 합쳐져 흑마법으로 재탄생했다. 악이 악을 막는 결과가 눈앞에 펼쳐졌다. 길지는 이 또한 도(道)의 일부이지 않을까 생각했다.

 그가 포박을 풀고 불을 끈 다음, 이미 새어 나온 악한 기운을 향해 결계 주문을 외웠다. 문제는 흑화된 리진이었다. 흑화된 사람을 정상으로 돌려놓을 방법을 모르는 길지는 마음만 급해졌다. 사람이 악한 기운에 잠식되면 악의 수하로 조종당하게 되므로, 빨리 그녀의 이성을 되찾게 해야 했다.

 - 좀만 버텨줘, 리진아.

길지가 발을 동동 구르며 주문 책을 꺼내 새로운 주문을 적었다. 그러나 새로 적은 주문을 외워도 리진은 변하지 않았다.

 한편 포박이 풀린 이선이 정신을 차리고 일어났다. 화염에 휩싸인 주변 때문에 얼굴이 뜨거웠다. 길지는 주문 외우기에 바빴고 신부자는 이상한 자세로 처참하게 있었다. 무엇보다 신경 쓰이는 건 넋 나간 표정으로 서 있는 리진이었다. 흑화된 그녀는 불길의 위협 속에도 개의치 않고 멍하니 그 자리에 서 있었다. 이선이 그녀에게 천천히 다가갔다. 리진을 바라보는 이선의 눈에는 눈물이 차기 시작했다. 이선이 어깨가 축 처진 리진을 꽉 껴안았다.

 - 힘들었겠다, 힘들었겠어.

 한동안 품에 안겨 있던 리진의 눈에도 눈물이 차올랐다. 이선은 리진의 등을 토닥이며 리진이 울게 뒀다. 리진은 끝 모르게 눈물을 쏟아냈다.

 불은 결국 모든 걸 태우고 사라졌다. 상황이 진정되자, 모두 그 자리에 앉아 허공만 바라봤다. 그을린 향이 콧속에 진동했다. 그들이 있는 곳엔 무기를 버리고 도망간 병사들의 흔적만 고스란히 남아있었다. 악의 기운은 할 일을 마쳤는지 더 날뛰지 않았다. 길지는 신부자를 그대로 두려다가 그건 사람의 도리가 아닌 것 같아 올바르게 눕혀 예를 갖춰 태웠다. 이선은 그 모습을 보고도 기쁨, 슬픔, 심지어 허망함을 포함한 그 어떤 감정도 느껴지지 않았다. 주변의 연기가 그녀의 마음처럼 공중에 흩어졌다.

리진의 반지 수정이 푸른색으로 돌아왔다. 리진이 쭈뼛쭈뼛 이선의 곁으로 왔다.

- 이선 아씨, 아씨도 혹시 마녀인가요?

- 응? 아니, 나는 마녀가 아니야.

- 아씨에겐 제 언니와 같은 능력이 있는 것 같아요.

- 그게 어떤 능력인데?

- 사람을 치유하는 능력이에요. 제 언니가 만든 음식을 먹으면 행복해졌고, 언니가 위로해 주면 다른 사람이 해준 것보다 더 큰 위로를 받았어요. 겉으로는 티가 잘 안 나는 능력인데, 세상에서 꼭 필요한 존재예요. 제 생각에는 이선 아씨가 그런 존재 같아요.

- 어머, 감동이네, 꼬마 아가씨.

이선이 리진을 꼭 껴안았다. 리진이 다시 기운을 차렸는지 깐족거렸다.

- 그런데요, 아씨는 우리 도사님에게도 꼭 필요한 존재

같아요.

 갑자기 주목받게 된 길지는 땅만 쳐다보다가 놀라 눈을 들어 이선을 보게 되었다. 그가 얼굴이 빨개지는 것을 감추려 애를 썼지만 그럴 수 없었다. 리진이 지금이 기회라고 길지의 옆구리를 쿡쿡 찔렀다. 길지가 어렵게 말을 꺼냈다.

 - 하… 맞아요. 이미 다 눈치채셨겠지만, 저…… 아씨를 좋아해요. 도사회에 낼 사직서는 이미 준비해 놨어요.

 길지의 철저한 준비에 이선과 리진이 깔깔대며 웃었다. 이선이 팔을 벌려 이번에는 길지를 안았다. 길지는 그대로 굳었다. 리진이 여전히 옆에서 깔깔대며 웃었다. 잿더미 속에서 살아남은 모시풀 싹 하나가 고개를 내밀었다.

□■□■

 길지와 이선, 리진은 도적골을 떠났다. 도적골을 떠났더라도 도사의 임무가 끝난 게 아니었다. 전국 곳곳에서는 그들을 필요로 했다. 정사(正史)에는 행적이 기록되지 않았지만, 사람들은 입을 통해 그들의 이야기를 후대에 전달했다. 이후 도적골에는 도적이 살지 않아 더 이상 도적골로 불리지 않았다. 사람들은 돼지 덕분에 도사와 과부의 사랑이 이뤄졌다고 하여 그곳을 돼지고개라 불렀다.

● 현대

『2024년, 대한민국 한산모시촌』

 한산모시촌은 옛날부터 유명한 곳이었다. 정확히 말하자면 한산모시촌이 위치한 그 땅, 돼지고개 또는 도적골로 불린 그 스산한 곳이 유명했다. 이곳에는 마녀의 선조가 살았었고, 악한 도적과 돼지가 우글거렸으며 산세가 험해 쉽게 사람이 넘나들기 어려웠다. 심지어 이 땅이 어떻게 관리되느냐에 따라 한반도의 정세가 흔들렸다. 역사를 보면 악의 기운이 활개칠 때, 힘 있던 이 지역의 소국들이 멸망했고, 조선 또한 일제의 손아귀에 넘어갔다.

 이 땅의 저주가 시작된 이래로 도사들은 이곳을 꾸준히 모시로 결계를 쳐 악의 기운을 다스렸다. 요즘은 국가 성장과 기술의 발전으로 예전보다 관리가 수월해졌다. 돼지고개 인근을 극비리에 한국도사회가 담당했다. 예전에는 쉽게 사람이 올 수 없는 곳이었지만, 이제는 《한산모시촌》이라는 모시 관광단지를 조성해 수많은 모시와 사람의 기운으로 땅의 악한 기운을 억누르고자 했다.

 한산모시촌이 형성되고 초기엔 꽤 효과가 좋았다. 모시촌 전역에 모시가 자랐고 모시를 활용한 사업이 늘어났다. 지역 경제가 살아났고 모시를 활용한 지역 축제도 개최돼 전국적으로 사람이 모였다. 악한 기운을 다스리려고 했던 정책이 지역의 배를 불려주었다.

배가 부르니 방심한 탓일까. 땅은 틈을 노렸다. 모시로 아무리 땅을 결계 쳐도 땅 외의 것이 악하다면 무용지물이었다. 틈은 욕심으로 인해 벌어졌다. 사람들은 돈이 모이자, 욕심을 끝없이 부렸다. 사업가와 행정 관리 사이에서 부정부패가 생겼고, 축제 기획자는 뒷돈을 받아 특정 친한 사람만 핵심 자리에 비치시켜 주며 밀어줬다. 돈줄을 쥐고 있는 자들은 초창기의 열정을 잃고 기득권이 되어 썩었다. 그나마 양심 있고 선한 사람들은 그곳을 버티지 못하고 떠났다. 한산모시촌에 그림자가 드리웠다. 욕심과 돈이 빛의 자리를 채웠다.

 한산모시촌은 결국 운영 위기를 맞았다. 한산모시촌 사업을 지지했던 지자체가 이제는 여론이 악화하자 외면하기 시작했다. 중앙에서는 한산모시촌의 행정 조직을 정치적 유배지로 만들고 입맛에 안 맞는 공무원들을 파견시켰다. 설상가상 예산이 매년 줄었고 파견된 사람들은 자신의 위치를 눈치채고 열정을 잃어 일을 하지 않았다. 그들은 한산모시촌을 살리기보단 책임질 일이 생기지 않기만을 바랐다. 한산모시촌은 그렇게 방치되었다.

 한국도사회는 난감했다. 여태 한산모시촌을 잘 다스려왔던 과정이 모두 오명으로 이미지가 안 좋게 바뀌게 생겼다. 한국도사회가 운영하는 사업과 이후 프로젝트도 과연 지지받을지에 대한 의문이 들었다. 무엇보다도 악한 기운이 이전보다 더 강해져 국가의 앞날에 지장을 주게 생겼다. 이런 답답한 상황에 비밀 정부 요원이 한국도사회에 찾아왔다.

한산모시촌의 총책임자인 한국도사회 김정국 이사는 요원에게 다가가 연신 고개를 숙였다.

- 죄송합니다. 일이 이렇게 흘러갈 줄은…

- 허허. 아닙니다. 뭐, 한국도사회라고 다 해결할 수 있는 건 아니겠지요.

정중한 말투 안에는 비아냥이 섞여 있었다. 정국이 뭐라 말을 잇지 못해 어버버하고 있을 때 고위 관계자가 그의 마음을 건드리는 말을 꺼냈다.

- 이사님. 이제 한산모시촌에서는 손 떼시는 거 어떨까요?

- 예? 그래도 저희가 끝까지 책임지는 게 맞는 것 같습니다만…

정국은 이번 건이 무산되면 자기 입장도 조직 내에서 난처해지기에 조급해졌다. 처음에 한산모시촌 프로젝트를 맡길 때만 해도 자신에게 상냥했던 요원이 이제는 차갑게, 얼굴도 쳐다보지 않고 말을 이었다.

- 한국도사회는 최선을 다하셨습니다. 이제 새로 넘길 다른 조직이 구해졌습니다.

- 한국도사회 말고 또 어디가…

- 한국마녀협회입니다. 거기서 이번에 돼지고개 땅을 다 스려보겠다고 적극 어필했습니다.

 정국은 속으로 내뱉어야 할 탄식을 입 밖으로 꺼내고 말았다. 한국마녀협회라니. 자존심이 발톱 끝까지 박혀 긁혔다. 최근 몇 년간 한국마녀협회가 한국도사회의 굵직한 사업들을 가로채 신경이 곤두서있는 상태였다. 도사에겐 마녀는 신뢰할 수 없는 존재였다. 옛날에는 서로 힘을 합쳐 세상의 기운을 다스렸지만, 현재는 서로가 갈라진 상태였다. 이유는 도사들의 뜻과 다르게 마녀들이 흑마법을 연구했기 때문이다. 한국도사회는 흑마법 연구가 세상에 큰 위협이 될 거로 생각해 접근을 금지했지만, 한국마녀협회는 그와 반대로 흑마법을 제대로 알고 있어야 올바른 통제가 가능하다고 판단했다.

 이제까지 국가 일에 관여하지 않던 한국마녀협회가 요즘 따라 서서히 나오려는 게 영 의심쩍었지만, 별 트집을 잡지 못한 한국도사회는 자신의 영역을 눈뜨고 뺏기고 있었다. 한산모시촌도 그중 하나였다. 정국이 요원에게 인사하고 나와, 그가 안 볼 때 허공에 발길질하며 짜증 냈다. 밖에 대기 중인 차에 탄 그는 상급자에게 전화를 걸었다.

- 이제 더 늦출 수 없습니다. 한산모시촌 코만도 프로젝트를 승인해 주십시오.

결국 한산모시촌이 이렇게 흘러갈 것을 예상했던 그는 다른 방법을 구색하고자 이번 프로젝트를 기획했다. 돈맛을 본 기득권은 한산모시촌의 방향을 바꿀 의향이 없지만, 더 이상 그들의 눈치를 볼 때가 아니었다. 이러다간 한국도사회의 위상과 주도권이 한국마녀협회에게 뺏기게 생겼다.

정국이 탄 차가 한국도사회 비밀회의장에 도착했다. 미리 이사회 소집을 요청한 김정국 이사는 회의장으로 뛰어 들어갔다. 그는 현 상황을 보고하고 한산모시촌 코만도 프로젝트 세부 계획을 발표했다.

잠시 후, 만장일치로 프로젝트가 승인되었다.

□■□■

- 뭐? 한산모시촌 촌장?

쏟아지는 졸음이 순식간에 달아났다. 모니터엔 꿈이 아니라고 증명하듯 메일 화면이 켜있었다.

【현 시간부로 당신을 《한산모시촌》 촌장으로 임명합니다.】

- 에이. 이거 스팸 메일이겠지.

내용에는 임명식 날짜, 발령 절차 등이 적혀있었다. 메일 주소도 공인된 한국도사회 주소로부터 온 메일이었다. 성규는 믿고 싶지 않았다. 확실히 확인해 보려고 그가 의자에 등을 기대며 전화를 걸었다. 그의 입에서 한숨이 아직 나오고 있을 때 상대가 전화를 받았다. 성규는 상대 목소리가 들리자마자 용건을 물었다.

 - 안녕하세요. 김정국 이사님! 잘 지내고 계시죠? 다름이 아니고 혹시 메일 잘못 보내신 건가 해서요.

 - 메일 제대로 들어간 거 맞습니다. 상황이 너무 급해 메일로 먼저 연락드려 죄송합니다.

 - 맞다고요? 제가 갑자기 촌장이 된다니요! 그것도 한산 모시촌! 어휴!

 성규가 왜 하필 자기냐고 따지기 시작하자 정국은 급히 말을 돌려 전화를 끊었다. 성규는 전화를 내려두고 조용히 눈을 감았다. 자기 운명을 받아들이는 것 외엔 별다른 방법이 없었다.

 다음 날 아침, 성규의 집 앞에 차가 대기하고 있었다. 외출하던 성규가 자신을 기다리는 차라는 걸 모르고 차 옆으로 지나려 할 때, 창문이 열리면서 김정국의 얼굴이 나타났다.

- 아이고 깜짝이야!

- 옆으로 타시지요.

 성규가 놀란 가슴을 진정시키며 시키는 대로 옆자리에 탔다. 정국은 미안하다는 말과 함께 촌장이 앞으로 해야 할 일을 설명했다.

- 상황이 이렇게 되었습니다. 마녀협회가 손을 보통 써 놓은 게 아닌 듯합니다. 한산모시촌은 옛날부터 우리 도사들이 지속해서 공들여 온 곳인데 이렇게 뺏길 순 없습니다. 다른 자도 아니고 특히 마녀한테는 말이죠.

- 그런데 이사님. 아무리 그래도 제가 갑자기 촌장이 되는 건 좀 그렇지 않나요? 다른 코만도 후보들도 이를 순순히 받아들이긴 힘들 것 같아요.

- 걱정하지 마십시오. 고속 승진에는 이유가 있습니다. 거기… 어떤 곳인지 아시지요? 다스리지 못하면 내가 잡아먹히는 그런 곳입니다. 소문 들어서 아시겠지만, 그곳은 험지 중 험지에요. 아, 그리고 다른 도사들하고 일하는 거 아닙니다. 코만도 후보들은 다양한 직군으로 골고루 섞여 있습니다.

 말을 마치면서 정국이 성규에게 두꺼운 책 한 권을 건넸다.

- 여기 후보들에 대한 프로필이 적혀있습니다. 꼼꼼히 살펴보시고 직접 멤버를 소집하세요. 그게 첫 번째 임무입니다.

차가 한산모시촌에 도착했다. 차에서 내린 정국은 한산모시촌에서 촌장이 있어야 할 곳을 소개했다.

- 아시다시피 우리가 도사라는 게 외부로 밝혀져선 안 됩니다.

성규가 속으로 웃었다.

'당연히 안되지. 미친 사람 취급받을 텐데.'

- 따라서 이곳에 있을 때는 다른 직업을 가진 사람처럼 행동해야 합니다. 촌장님은 촌장의 역할을 하겠지만 이곳에 입주한 한 업체 사장이기도 합니다. 어떤 업체냐면… 서점입니다. 많은 책 속에 있으니 따로 위장하지 않아도 도 닦으며 공부하는데 크게 이상해 보이지 않을 겁니다.

- 그럼 다른 멤버들 역시 업체 사장들로 위장하여 들어오나요?

- 네 그렇습니다.

- 그거 말고는 따로 할 일이 없나요?

- 일단 아까 말한 대로 멤버를 소집하세요. 그다음에 제가 다시 찾아오겠습니다.

 정국은 간단히 목례한 후 차를 타고 사라졌다. 갑작스러운 상황에 놓인 성규는 얼떨떨했다. 그러곤 사라진 정국의 자리를 보며 한가지 생각이 떠올랐다.

 '*다른 멤버들도 지가 메일로 소집하지 왜 나만?*'

 성규가 씁쓸한 마음을 안고 서점으로 위장한 사무실로 들어갔다.

□■□■

 첫 번째 후보는 전국 각지에서 찾아오는 유명한 빵집의 주인이었다.

- 이픈베이커리? 와 장사 잘되네! 기존에 잘 되는 사업을 두고 사장님이 시골로 올까나.

 성규가 걱정스러운 마음을 안고 이픈베이커리로 향했다. 빵집에는 손님이 가득했다. 사람들은 접시에 빵을 담아 줄을 서서 계산을 기다렸다. 주방에서는 오븐이 끊임없이 돌아가고, 직원들은 빵을 계속해서 굽고 있었다. 여러 톱니바퀴가 얽혀 약속된 듯 돌아갔다. 그런데 계산대에서 그 흐름을 깨는 큰 소리가 발생했다.

- 아니, 이렇게나 많이 사는데 시식 좀 해보면 안 되는 거예요?

앙칼진 목소리가 성규의 귀를 때렸다. 성규는 무심코 그쪽을 봤다. 그와 더불어 많은 사람의 시선도 그쪽으로 쏠렸다.

- 손님, 저희는 그런 제도가 없어서요.

- 아이고~ 진짜 치사하다, 치사해. 많이 벌면서 이런 거 하나 아끼고 그래? 하긴 돈 많이 버는 사람들이 원래 그래~

계산대 직원은 얼굴이 빨개진 채로 말을 잃었다. 옆에 있는 다른 손님들도 아무런 반응을 보이지 않았다. 보다 못한 성규가 껴들었다.

- 그런 건 사장 맘이지 왜 당신이 난리예요?

- 당신은 뭔데? 저 아세요?

- 아니 모르는데요, 당신도 저 직원분 아세요? 되게 무

례하시네요!

- 얼씨구? 너 이 사람 남자친구야? 아주 끼리끼리고만.

- 와. 저 아줌마 같은 사람 SNS에서만 봤는데 실제로 보는 거 처음이에요.

- 뭐 아줌마? 내가 아직 30대인데 무슨 아줌마야? 너 말 다 했어?

- 아뇨. 근데 당신 같은 아줌마랑 더 말 섞긴 싫네요. 에베베베~

성규가 혀를 날름거리면서 뒷걸음쳤다.

- 어머 저런 미친 게 다 있어! 야! 너 거기 안 서?

성규가 가방을 휘두르며 달려오는 돌은 자의 눈동자를 보고 기겁하며 도망쳤다. 사람들이 이 장면을 영상으로 찍으면서 킥킥댔다. 그렇게 한차례 소동이 끝나고 가게는 다시 톱니바퀴처럼 굴러갔다.

영업이 모두 끝나자, 직원이 하나둘 가게를 떠났다. 오직 계산대를 담당하던 직원만이 마지막으로 남았다. 성규는 가게가 영업이 끝날 때까지 밖에서 기다렸다가 사람들이 모두 떠난 후에야 들어갔다. 홀로 남은 직원이 모자를 깊게 눌러쓰고 눈물을 훔치고 있었다.

- 저기, 괜찮으세요?

- … 네 괜찮아요. 죄송하지만 저희 영업 끝나서요… 아! 아까 그분이시군요? 아까는 정말… 감사해요.

- 하하 아닙니다. 제가 그런 걸 보고 그냥 못 넘어가는 성격이어서…

성규가 멋쩍은 듯 웃으며 숙인 고개를 드는데, 살짝 눈물이 맺혀 있는 직원의 얼굴을 정면으로 보게 되었다. 성규의 마음속에 번쩍이는 불꽃이 생겼다.

- 아. 제가… 몰랐습니다. 혼자만의 시간이 필요하시군요.

- 아니에요. 괜찮아요. 저도 이제 퇴근해야죠.

그녀가 모자를 벗으면서 머리를 풀어 헤쳤다. 그 모습에 홀리던 성규는 얼빠진 정신을 잡고 자신이 왜 여기에 왔는지를 상기시켰다.

- 저 혹시 사장님은 어디 계신 가요? 이픈 대표님을 만나러 왔거든요.

- 음… 제가 이픈인데요.

성규는 내심 놀랐다. 젊은 여성이 벌써 이렇게 큰 성공을 이루었다니.

 - 왜 저를 찾으시나요?

 - 이게 좀 황당한 소리지만… 가게를 이전하실 생각 없으실까요?

이픈이 잠시 멈추었다가 큰 웃음을 터뜨렸다. 성규는 자신도 모르게 그녀의 웃음에 따라 웃고 있었다.

 - 가게를요? 어디로요? 아니, 먼저 누구신지 알려주실 수 있을까요?

성규가 자신과 한산모시촌에 관해 설명했다. 그는 설명하는 동안 계속 그녀의 반응을 살펴보았다. 그녀는 분명 자기를 사이비 종교나 사기꾼 취급을 할 게 분명했다. 성규는 아무리 자기가 도사여도 '도를 아십니까' 같은 느낌을 주고 싶지 않았다. 그러나 예상과 달리 이픈은 진지하게 들었다. 그녀는 성규의 이야기가 끝나기를 기다렸다가 대답했다.

 - 좋아요. 하지만 가게는 그대로 두고 저 혼자 갈게요.

 - 네?

성규는 그녀의 대답이 원하던 대답이었지만, 전혀 예상하지 못한 대답이라 반문했다. 이픈이 무표정하게 말했다.

- 사실, 가게를 그만두고 싶었어요. 아까도 보셨죠? 그런 사람이 한둘이 아니에요. 유명해지고 잘되면 좋을 줄 알았는데, 오히려 그럴수록 진상이 더 많아지고, 인류애가 사라져요. 하하! 안 그래도 푹 쉬고 싶었어요. 그렇다고 가게를 접으면 제가 버는 돈이 없으니… 이 가게는 지점장에게 맡기면 돼요!

성규는 그녀의 결단력에 감탄했다. 그녀가 괜히 사업을 성공시킨 것이 아니었다. 사실 이픈에게는 특별한 능력이 있었다. 그녀는 원하는 음식을 뚝딱 만들 수 있었고 그 음식을 통해 상대의 감정을 평안하게 했다. 문제는 성규가 보기엔 그녀는 자신의 능력을 인지 못 한 듯싶었다. 아마 아무도 알려주는 이가 없었을 것이다. 그러나 한국도사회에서는 그녀와 그녀 집안을 대대로 조사한 것 같았다. 프로필에는 그녀의 능력과 아픈 가정사 등 여러 정보가 담겨 있었다. 성규는 굳이 그녀에게 그런 말을 전하지 않았다.

□■□■

한산모시촌으로 돌아온 성규는 다음 후보를 검토하던 중 이상한 점을 발견했다. 책에 누군가 종이를 찢고 붙인 흔적이 있었다. 이픈과 다음 후보 사이의 일부가 없어졌는데 너무 자연스러워서 처음엔 성규가 눈치를 채지 못했다. 아마 어떤 다른 후보 정보가 있었을 거라고 판단한 성규가 책을 복원하기 위해 주문을 외는 순간, 책이 순식간에 뜨거워져 손에서 놓치고 말았다.

- 뭐야 이건! 마법으로 막아놨네?

성규가 책을 자신에게 준 김정국 이사에게 급히 전화했다.

- 이사님! 아니 잠깐만요! 끊지 말아봐요. 급한 일이니까. 혹시 이 책 이사님이 작성하신 거 맞는가요?

- 네 그렇습니다만. 뭐 이상한 점이라도?

- 어떤 후보를 소개하는 부분이 찢겨 있고 그 부분을 복원하려고 보니까 마법으로 누군가 막아놨더라고요. 대체 왜 이런 거죠?

- 설마 그때인가. 책을 한번 잃어버린 적이 있었어요. 잠깐 없어졌다가 찾은 거라 별 이상 없이 생각했는데 그때 누군가 조작했던 것 같군요.

- 그러면 다른 후보들 내용도 문제가 있는 거 아닐까요?

- 아니에요. 그건 걱정하지 마세요. 나머지 인원들에 대

한 정보는 최종적으로 검토를 마치고 드린 거니까요. 촌장님은 그 뒤 나머지마저 진행하시죠.

 성규는 영 찝찝한 마음이 가시질 않았지만, 별다를 수가 없어 다른 후보로 진도를 나갔다. 그러나 이 역시 쉽지 않았다. 이픈을 제외한 나머지 후보들은 연락받지 않았다. 심지어 찾아갔는데 없는 사람도 있었다. 성규는 김정국이 무슨 꿍꿍이가 있는지 감을 잡지 못했다.

 한편, 이픈의 가게는 성규가 헤매는 동안 개업 준비를 마쳤다. 인테리어 감각까지 뛰어났던 그녀는 도시에서나 볼 법한 카페로 꾸몄다. 이픈은 새로 차린 가게를 금방 지역의 유명한 카페로 탈바꿈시켰다. 지역의 방문객뿐 아니라 관광객도 늘어났다. 성규는 이픈이 여유로울 때 카페에 들어갔다.

 - 어때요? 하실만하세요?

 - 네. 오히려 여기서 하니까 더 좋네요. 자연도 좋고요.

 - 다행이네요. 와! 커피 진짜 맛있어요!

 - 감사해요. 그나저나 촌장님. 무슨 걱정거리 있으세요?

 단원 모집으로 골머리 쌓고 있던 촌장의 다크서클이 볼을 타고 내려온 상태였다. 이미 한산모시촌 코만도 내용을 알고 있는 이픈에게 성규가 최근 자신이 겪고 있는 어려움을 설명했다. 이픈이 성규의 말에 공감하며 고개를 끄덕였다.

- 제가 뭐 잘 알지는 못해도… 그 찢어진 부분에 대해서는 의심이 많이 가네요.

- 그렇죠? 저도 그게 정말 이상해요. 왜 그 부분이 찢어져 있고 심지어 마법으로까지 막아놨는지…

그때 갑자기 성규의 전화벨이 울렸다.

- 여보세요?

전화 상대의 목소리를 들은 그가 잠시 굳었다.

- 뭐라고요? 마녀협회요? 아니 제 번호는 어떻게 아셨는지… 지금 이곳으로 오겠다고요?

아직 성규가 전화를 끊지 않았는데 카페의 문이 열리며 어떤 여성이 들어왔다. 그리고 다짜고짜 성규에게 다가와 악수하려 손을 내밀었다.

- 안녕하세요. 한국마녀협회 소속 리리라고 합니다.

성규는 갑자기 등장한 그녀가 당황스러웠지만, 어쩔 수 없이 손을 내밀고 악수하며 자신을 소개했다.

- 저는 한산모시촌 촌장 김성규라고 합니다. 이렇게 갑자기 무슨 일로 찾아오셨는지요? 무엇보다 저를 어떻게 알고…

 - 한산모시촌 코만도를 모집하고 있다고 들었습니다.

 - 아니! 그 사실을 어떻게 알아요?

리리가 성규의 말을 귀찮아하며 본인 말을 이어갔다.

 - 혹시 명단에 제가 없었습니까?

성규는 리리에게 끌려가며 답을 내놓았다.

 - 리리라고 하셨죠? 네 없었어요. 심지어 마녀는 저희 코만도 계획에 포함되어 있지 않아요.

 - 하하하!

갑작스럽게 리리가 크게 웃었다. 그러곤 이내 정색하며 말했다.

 - 김정국 이 자식. 어지간하네요.

 - 네?

- 그 코만도 프로젝트. 제가 기획한 겁니다. 김정국이랑 같이요.

- 네???

성규가 어이가 없다는 듯 반문했다. 리리가 라테를 한 잔 주문한 뒤 차분히 상황을 설명했다.

- 촌장님도 잘 아실 겁니다. 이곳의 역사를요. 여기는 마녀든 도사든 상관없이 모두가 힘을 합쳐 다스리던 곳이었어요. 그만큼 강한 힘을 가진 땅이니까요. 물론 도사들이 더 먼저 노력했다는 건 알아요. 하지만 누가 먼저 했고, 주도권을 가지고 말고는 중요한 게 아니잖아요? 전 세상에 능력자를 모아 팀을 꾸리는 《한산모시촌 코만도 프로젝트》를 기획했어요. 그때까지만 해도 저와 소통을 잘해왔던 김정국 이사에게 이 프로젝트를 공유했고요. 처음에 매우 호의적이길래 제가 조사했던 코만도 대원 후보들의 정보를 자연스럽게 넘겼는데… 그 사람이 자료를 받자마자 바로 태도를 싹 바꾸더라고요. 나중에 들어보니 자기 아이디어인 척 한국도사회 단독 프로젝트로 만들어버렸어요.

- 김정국 이사가 왜 그렇게 했을까요?

리리는 정말로 잘 모르겠다는 표정으로 잠시 뜸을 들였다.

- 단순히 마녀에 대한 개인적인 악감정인 건지, 조직 차원의 조치인 건지는 잘 모르겠네요. 그건 그렇고. 촌장님. 이번 프로젝트. 저희 마녀들의 도움이 필요할 겁니다. 꾸준히 소통하기로 하죠.

자기 할 말만 하고 일어나려는 리리를 성규가 붙잡았다.

  - 잠시만요. 저는 오늘 당신을 처음 만났고 솔직히 어디서부터 어디까지 믿어야 할지 모르겠어요. 저는 여기 촌장이기도 하지만 한국도사회로부터 고용된 사람이기도 하다고요. 보다 신뢰가 갈 수 있게끔 해주시죠.

  - 그래요. 팁 하나 드리죠. 후보들, 영입이 잘 됩니까?

  - 아니요. 연락도 안 받는 사람이 태반이에요.

  - 그들이 왜 당신 연락을 안 받고 무시할까요? 아마 기존 계획과 다르다는 것을 알고 있지 않을까요?

성규가 예상하지 못했던 포인트였다. 그래도 성공한 한 명이 있었다.

  - 이 가게를 운영하는 이픈 님은 순순히 오셨는데요?

성규 옆에서 잠자코 이야기를 듣고 있던 이픈이 조심스럽게 말했다.

- 여기 이분보다 김정국 이사님이 먼저 연락하셔서 간곡히 부탁했어요.

리리가 이픈을 바라보며 짠한 표정을 지었다.

- 미안하지만, 전 당신을 리스트에 넣은 적이 없어요. 김정국이 특별히 뽑았나 보군요.

이픈이 리리의 말에 어깨를 으쓱했다. 성규는 허탈함에 기운이 빠졌다.

- 하… 어쩐지. 후보들이 이상하다 싶을 정도로 나를 피하더라.

- 오해는 마세요. 제가 일부러 피하라고 연락한 건 아니니까. 다만 제가 선별한 후보들이 바보가 아니라는 겁니다. 제가 연락을 안하고 다른 사람이 한다고 하니, 심지어 도사가 연락하니까 당연히 이상함을 감지하고 피하겠지요. 다시 한번 말하지만, 이 프로젝트는 제가 기획한 겁니다. 김정국에게 전해주세요. 나 없이는 이 프로젝트 성공 못 할 거라고.

이 말을 남기고 리리가 다시 자리를 털고 일어나 가게 문을 나갔다. 이픈이 성규를 위로했다.

- 촌장님 너무 낙담하지 마세요. 자~ 다시 힘내보자고

요!

 성규가 고개를 끄덕이며 가게를 나서려고 일어섰다. 그때 갑자기 성규의 벨소리가 다급히 울렸다. 전화를 받자, 충격적인 소식이 전달됐다.

 - 촌장님! 저 김정국 이사님 보좌관입니다. 큰일 났어요! 이사님이 죽은 채로 발견되었어요!

□■□■

 김정국 이사의 갑작스러운 죽음은 모두에게 큰 충격을 안겨 주었다. 전국에 있는 도사들이 정국의 마지막을 배웅하기 위해 장례식장을 찾았다. 그들은 갑자기 왜 그가 죽었는지 의문이었다. 사람이란 존재는 대체로 의문에 대한 정답 찾는 것을 좋아했는데 도사라고 별반 다르지 않았다. 정답을 찾는 과정 중에 이 말, 저 말이 나오고 사실과 거짓이 적절히 뒤섞여 새로운 말이 되기도 했다. 성규는 떠다니는 말 중에서 어떤 것이 진실일까 신중히 듣고 분석했다. 진실은 두껍고 공통적이기 마련이었다. 여러 설이 난무했지만 어떻게 죽었는지는 확실히 알 수 있었다. 김정국은 흑마법에 당했다.

 장례를 마치고 한국도사회는 김정국 사망과 관련된 용의선상에 있는 성규를 소환했다. 성규는 최근까지 그와 연락한 기록, 혐의를 벗어날 내용을 진술했고 알리바이가 입증되었다. 김정국 담당인 한산모시촌의 촌장이면서 직속 부하였던 성규는 용의자 신분에서 벗어나자마자 바로 수사 일원이 되었다. 그의 머릿속에는 딱 한 명이 떠올랐다. 가장 의심스러운, 죽일만한 이유가 뚜렷해 보이는 마녀, 리리였다. 그는 그녀를 수사해야 한다고 상부에 보고했다. 한국도사회는 마녀를 자체 수사할 수 없어서 국가 수사 기관에 의뢰했다. 하지만 리리가 범인으로 밝혀지기보다는 오히려 아이디어를 가로챈 김정국의 행적만 나와 한국도사회는 본전도 못 찾고 민망함만 얻었다. 한국마녀협회에서 나름 높은 위치였던 리리는 이번 수사 소환이 이해는 가지만 기분이 몹시 언짢았다. 자신들의 잘못을 감추기 위해 마녀를 걸고 넘어갔다고 한국마녀협회가 한국도사회에게 유감을 표명했고, 두 기관 사이의 갈등은 깊어져 갔다.

대한민국 마법 세계를 대표하는 두 기관의 사이가 평상시에도 좋지 않자, 전 세계의 마법 기관이 중재하고자 노력해 왔다. 마법을 가지고 힘 싸움을 하는 건 인간 세계에도 큰 영향을 미치기 때문이었다. 악을 다스리는 공동의 목적을 잃어버리면 반대로 그 악에 지배되기에 모두가 절제력을 잃으면 안 됐다. 그 역시 잘 알았던 두 기관이었기에 이제까지 서로 마음에 안 들어도 티 안 내고 삭혔지만, 이번 김정국 사건으로 인해 갈등이 표면으로 드러나기 시작했다.

한국마녀협회는 이 사건을 담당하는 자체 수사팀을 조성해 흑마법 때문에 마녀들이 용의자로 의심받는 상황을 벗어나고자 했다. 한국도사회, 한국마녀협회, 정부 수사 기관이 각자 수사에 뛰어들었지만 그렇다 할 소득을 얻지 못했다. 이렇게 시간이 점점 흐르면서 김정국 사건 조사는 서서히 힘을 잃었다.

□■□■

 성규는 다시 본업으로 돌아와 한산모시촌 코만도 프로젝트를 이어서 진행했다. 오랜만에 사무실에 돌아온 성규는 두꺼운 책을 열자마자 답답함을 느꼈다. 이픈이 성규를 도와주고자 가게를 잠시 비우고 왔다. 하지만 후보들은 여전히 연락받지 않거나 그들을 피했고, 다시 또 지지부진한 상태가 되었다. 이 모습을 본 이픈이 성규에게 제안했다.

 - 촌장님. 이렇게 하다간 제대로 팀도 못 꾸리고 아무것도 못 하겠어요. 마녀에게 부탁하긴 좀 그러시겠지만, 리리 님께 도움 청하는 건 어떨까요?

 - 사실 전 마녀에게 큰 반감은 없어요. 김정국 이사님 눈치 봤던 거지. 그래요. 그렇게 해보는 방법밖에 없는 것 같네요. 저번 조사 때문에 리리 님이 제대로 응해줄지는 모르겠지만요.

이픈은 이제 자기 몫을 다했다고 생각해 다시 가게로 돌아갔다. 성규가 그 자리에서 바로 리리에게 전화 걸었다.

리리는 성규가 연락할 걸 알았다는 것처럼 여유롭게 웃으며 답했다.

- 아유~ 촌장님 무슨 말씀이세요. 서운하다뇨. 이미 다 지난 일인걸요. 죄송해할 것 없어요. 안 그래도 제가 필요할 것 같았어요. 촌장님 사무실에서 뵙죠.

리리는 금방 성규의 사무실에 도착했다. 성규는 후보자들이 적혀 있는 두꺼운 책을 펴고 기다리고 있었다. 리리가 호탕하게 손님이 앉는 소파에 기대앉아 자신만만한 표정으로 촌장을 바라봤다. 무엇을 원하냐, 직접 말하라는 뜻이 담긴 눈빛이었다. 성규 역시 입으론 미소 짓고 있었지만, 리리를 한 대 쥐어박고 싶었다. 어찌할 도리가 없는 그가 속마음을 누르며 입을 열었다.

- 잘 오셨어요. 리리 님. 여기 후보들 제 연락은 절대 안 받네요. 여기 있는 번호며 메일 등 다양한 수단을 써봐도 연락이 되질 않아요. 직접 찾아가도 코빼기 비치지도 않고요. 리리 님과 함께 코만도 프로젝트를 하자고 부탁드릴 겸, 이들도 좀 어떻게 구슬리고자 어려운 자리 요청했습니다. 잘 부탁드립니다.

- 호호호, 네 그럼요. 촌장님께서 이렇게까지 하시는데 당연히 도와드려야죠.

그녀가 자신을 쳐다보며 찡긋 웃자, 성규는 그녀의 가증

스러운 눈웃음을 똑같이 눈웃음으로 응대했다. 리리가 만족스러운 표정으로 전화를 들었다.

- 이분이 다음 후보인 거죠?

- 맞아요. 그전에, 여기가 찢긴 흔적이 있던 자리인데요. 혹시 짐작 가시는 게 있을까요?

찬찬히 흔적을 훑어본 리리가 잘 모르겠다는 듯 고개를 갸우뚱했다.

- 음, 이건 마법으로 봉인한 거긴 한데 굳이 왜 한지 모를 정도로 꼼꼼하게도 해놨네요. 하지만 제가 준비한 자료들은 모두 없어지지 않고 그대로 있어요. 뭐가 없어지기는 한 걸까요? 아니면 이픈 님 자료를 추가하려고 이렇게까지 한다고? 김정국, 진짜 속을 모르겠네. 아무튼 이 책 이제 필요 없잖아요? 제가 알고 있는 번호로 걸어볼게요.

때마침 이픈이 케이크와 음료를 들고 사무실로 들어왔다.

- 저도 코만도인데 저만 빼놓는 거 아니시죠?

성규가 당황하며 손사래 쳤다.

- 에이 아니죠. 아까 바빠서 가신 거 아니었어요? 가게

는 어떻게 하고 오셨어요? 바쁘실까 봐 안 불렀어요.

- 알바생 두고 왔어요. 지금 어디까지 진행됐어요?

한쪽 다리를 꼬고 있는 리리가 답했다.

- 어서 와서 앉아요. 이제 막 영입 시작하려던 참이에요.

이픈이 자리에 앉자, 리리가 천천히 숫자 버튼을 하나씩 눌렀다. 마지막에는 모두가 들을 수 있는 통화 버튼을 눌렀다.

[지금 거신 번호는 없는 번호입니다.]

기계음이 잘 들으라는 듯이 또박또박 말했다. 일동은 모두 어리둥절했다. 제일 당황한 건 리리였다.

- 응? 뭐지?

이픈이 옆에서 핸드폰 화면을 보려고 고개를 뺐다.

- 번호 잘못 누르신 거 아니에요?

성규도 역시 보려고 옆으로 붙었다.

- 저장해 놓은 다른 번호 없어요?

리리는 묵묵부답이었다. 그리곤 다음 후보로 넘어갔다.

 - 번호를 그새 바꿨나 봐요. 다음 분에게 전화 걸어볼게요.

 리리가 이번에는 귀에다가 전화기를 갖다 댔다. 그러나 눈치 없는 수신음이 모두의 귀를 향해 삐져나왔다.

 [지금 거신 번호는…]

 - 크흠

 성규가 헛기침하며 의자에 등을 기댔다. 리리의 이마에 땀이 맺히기 시작했지만, 그녀는 당황하지 않은 척하며 바로 다음 후보로 넘어갔다. 이번에는 전화가 연결됐다. 리리가 오늘 중 가장 밝은 모습으로 전화 상대에게 말을 걸었다.

 - 여보세요? 안녕하세요? 잘 지내셨죠?
 그러나 상대는 리리가 누군지 모르는 눈치였다.

 - 음… 누구세요?

 - 혹시 유정표 님 아니세요?

 - 네? 전화 잘못 거셨습니다~

일동은 침묵했다. 이후 리리는 그 자리서 모든 후보에게 전화를 걸어봤지만 아무도 연결되지 않았다. 성규는 그녀의 거만했던 모습이 그리워질 정도로 그녀가 짠해 보였다. 커피포트 쪽으로 간 그가 리리에게 넌지시 물었다. 갈증 났던 리리가 이픈이 가져온 음료를 모두 마셨던 터였다.

 - 혹시 뭐라도 마실래요?

 - 아니에요… 괜찮아요.

 곧 울 기세인 리리가 고개를 들지 못했다. 이픈이 눈치를 보고 다시 가게로 가겠다며 자리를 비웠다. 성규는 찜찜한 마음을 떨치지 못했다.

 - 이 책 조작된 걸까요?

리리가 고개를 저으며 한숨을 푹 쉬었다.

 - 잘 모르겠어요. 이 많은 사람이 한 번에 번호를 바꾼 건지… 아니야. 그러기엔 제가 저장된 번호로 연락해도 연결 불가했어요. 이건 분명 저희 프로젝트를 방해하는 무언가가 있다는 거예요.

 - 일단 일이 이렇게 된 거. 마녀협회랑 도사회가 연합해야 할 것 같습니다. 저희 각자 공식적으로 연대 요청합시다.

- 괜찮을까요? 둘이 자존심 싸움 중인데.

 - 자존심 부릴 때랍니까.

 리리와 성규는 각 기관에 연합으로 수사할 것을 요청했다. 처음에는 두 기관 다 난색을 보였지만 열이 뻗친 성규가 합쳐야 하는 이유를 논리적으로 따지자 결국 연합 수사를 하기로 결정했다.

□■□■

 이픈의 가게는 오늘도 손님으로 꽉 차 있었다. 성규가 사무실 밖에서 연합 조사단이 오는 것을 기다리고 있었는데, 생각보다 시간이 지체되어 이픈 가게를 바라보고 멍때리며 있었다. 그런데 그때, 가게에서 익숙한 얼굴들이 함박웃음을 지으면서 나오는 것을 보게 되었다. 그 익숙한 얼굴들은 한산모시촌 기존에 있었던 업체 사장들로 처음 마을이 조성할 때부터 있던 사람들이었다. 돈맛을 보고 뿌리 깊은 기득권이 된 자들이었다. 그들은 장사가 잘되는 이픈의 가게에 목적이 있어 온 것이 분명했다. 기득권 세력은 이제까지 한산모시촌에 새로 입주한 사장이 입맛에 맞지 않으면 철저히 배격하고 경쟁시켜 내보냈는데, 반대로 돈을 잘 벌면서 자신들에게 비위를 잘 맞춰주는 이들에겐 친절히 대했다. 이런 사실을 잘 모르는 이픈이 그들에게 예를 갖춰 인사하며 배웅했다. 나중에 기회가 되면 저 자들의 실체를 이픈에게 알려줘야겠다고 성규는 생각했다.

리리가 연합 조사단을 이끌고 성규의 사무실에 도착했다. 조사단 중 한국마녀협회 소속 조사관이 누구나 생각했을 법한 답변을 내놨다.

- 김정국을 죽인 사람과 이 프로젝트를 방해하는 사람이 동일 인물인 것 같아요.

리리가 그게 다냐는 식으로 물었다.

- 그건 저희도 어느 정도 감을 잡고 있었습니다. 혹시 더 추정할 만한 증거가 나왔으려나요?

옆에 함께한 한국도사회 소속 조사관이 대신 답했다.

- 사실 저희도 이번 사건이 좀 어려운 게, 용의자 설정을 이전까지는 서로를 겨누고 있었어요. 도사회는 마녀협회를 의심했고 마녀협회는 도사회를 의심했지요. 그런데 지금은 그 둘도 아니니 누구를 특정하기도 애매한 상황이에요.

성규도 역시 비슷하게 생각해 왔던 터였다. 그때 지끈거리는 머릿속을 헤치고 어떤 생각이 떠올랐다.

- 혹시 이번 프로젝트 정보가 바깥으로 샜다고 가정한다

면, 반대할 만한 사람들은 한정되지 않나요? 예를 들면, 이곳의 기득권처럼요.

조사단과 리리는 이 말을 듣고 '왜 이제까지 그런 생각을 못 했을까'하는 놀라움에 모두 동시에 성규를 바라봤다. 어느 정도 일리가 있었다. 하지만 한국도사회 측 조사관은 뭔가 이상하다는 듯 미간을 찡그리며 말했다.

- 그런데 그렇게 되면, 김정국 이사의 사인이 걸려요. 전형적인 흑마법이 아니라 처음에 눈치를 못 챘었는데 부검 결과 치명적이면서 교묘한 흑마법으로 김정국이 죽었다고 밝혀졌어요. 저희도 흑마법 때문에 마녀협회를 의심했던 거고요. 하지만 이번 연대 조사 때 알게 된 건 이 마법은 마녀협회 쪽에서도 감지 못한 특이한 마법의 형태였어요.

리리가 몸서리를 쳤다.

- 무섭네요. 통제되지 않는 흑마법이 활개 치고 있다는 거군요. 촌장님. 여기 악한 땅이 직접 마법을 사용하거나 이런 건 불가능하죠?

성규가 그렇다는 의미로 고개를 끄덕였다.

- 땅의 기운은 현재 여러 결계 시스템으로 봉인되어 있어 그건 어려워 보이고요, 틈이 있어 기운이 사용된다고

해도 직접 마법을 쓰는 게 아니라 누군가를 이용하는 수준으로밖에 나타나지 않을 거예요. 제가 발령된 후로 아직 틈이 발견되지 않았고 특별히 악의 기운이 뻗치지 않고 있습니다. 그래서 지금 사건이 더 미궁으로 가고 있고요.

모든 이야기를 듣고 있던 조사단장이 잠시 뜸을 들이더니 느린 말투로 결론을 내렸다.

- 여러분. 저는 한산모시촌 코만도 프로젝트를 잠시 중단할 것을 조심스럽게 제안해 봅니다. 왠지 이러다가 촌장님과 리리 님까지 위험할 수 있어요. 저기 가게 사장님도 코만도 일원이라고 하셨죠? 저분께도 잘 말씀드려서 보안 유지하게 하고 보내드려야겠군요.

성규는 일이 이렇게 마무리되는 게 못내 아쉬웠지만, 현재 상태로는 프로젝트 진행이 어렵다고 판단해 조사단장의 뜻을 받아들였다. 리리와 조사단이 떠나고 성규는 이픈에게 결정된 내용을 알려주기 위해 이픈의 가게로 발걸음을 옮겼다.

□■□■

- 네? 여기서 떠나야 한다고요?

이픈은 갑작스러운 통보에 놀라 성규에게 따졌다.

- 아니 여기 데려올 때는 언제고, 저도 코만도이니 뭐니 해놓고 나서 어떻게 한마디 상의 없이 프로젝트를 폐기하고 떠나라고 하세요? 저 여기다가 투자한 게 얼마인데요!

성규가 처음 보는 이픈의 화난 모습에 당황했다.

- 정말 죄송합니다. 저희 도사회 쪽에서 충분히 보상하겠습니다.

- 보상이요? 얼마로 보상해 주시려고요? 저 여기 하루 매출이 얼만지나 아세요? 아 진짜 너무 열받네. 잠시만요.

이픈이 주방으로 들어가 얼음물을 벌컥벌컥 마셨다. 그녀는 숨을 크게 들이쉰 뒤 매장으로 나와 진정하려고 노력했다.

- 자리 앉으세요. 촌장님이 무슨 죄예요. 너무 갑작스러워서 그랬어요.

이픈은 성규를 앉히고 음료를 대접한 뒤, 가게 문을 닫고 영업을 마감했다. 성규가 분위기를 전환해 보고자 음료로 주제를 돌렸다.

- 오! 이건 처음 보는 음료네요?

- 이번에 새로 개발했어요. 모시를 활용했는데 맛이 어떨지는 모르겠어요. 한번 평가 좀 해주세요.

성규는 음료를 음미하며 마시다가 새로운 맛에 눈이 휘둥그레졌다.

- 우와! 모시로 만든 음료가 이렇게 맛이 있다니! 역시 이픈 사장님 장난 아니네요!

이픈은 화가 약간 누그러졌는지 얼굴에 웃음기를 살짝 담았다.

- 잘 팔릴 것 같죠? 그건 그렇고. 아까 여기 지역 유지분들 왔다 가셨어요.

안 그래도 그 주제에 대해 이야기 나누고 싶던 성규였다.

- 그분들은 왜 오신 거래요?

- 제가 오시라고 말씀드렸어요.

- 네?

- 이번에 만든 이 음료. 대박 터질 것 같아서요. 이미 손

님들께 시음 테스트를 해봤는데 반응이 엄청 좋았어요. 이 음료에는 제가 특별 개발한 모시 가루가 들어가는데 대량 생산이 필요해서요. 유지분들 재력이면 충분히 공장화시킬 수 있어 보이더라고요. 그렇게 한다면 그걸 활용해 다른 음료나 디저트도 쭉쭉 뽑아낼 수 있어요. 그분들도 좋아했어요. 덕분에 큰돈 벌 수 있을 거라면서요.

성규가 예상치 못한 전개에 자기가 전달하고 싶었던 말을 어떻게 꺼내야 할지 머뭇거렸다.

 - 이픈 님. 저… 진작 말씀드렸어야 했는데. 그분들하고 그렇게 가깝게 지내시면 안 돼요. 돈과 욕심에 눈이 멀어 한때 여기 땅의 기운에 잠식되어 있던 분들이었어요. 이픈 님을 이용하는 걸 수도 있다고요.

 - 에이, 너무 앞서가는 거 아니에요? 어차피 코만도 프로젝트도 멈춘다면서요. 저 코만도 멤버도 아닌데 돈이라도 벌어야죠~

성규는 말문이 턱 막혔다. 이픈이 성규 앞에 있는 잔을 바라봤다.

 - 어머 촌장님. 벌써 다 마셨네요? 맛있죠? 그렇죠? 하하하!

처음에 성규는 몸이 움직이지 않는 이유가 자신이 너무

당황해서라고 생각했다. 그러나 그게 아니었다. 몸을 움직이려고 해도 움직여지지 않았다. 입조차 벌어지지 않았다.

- 촌장님 이렇게 순진해서 어떻게 한대. 제가 여기를 아무 생각 없이 들어왔겠어요? 악한 기운 다스리겠다고? 참나.

이픈은 테이블을 옆으로 빼고 몸이 굳은 성규의 허벅지에 앉아 성규의 뒤통수를 살살 쓰다듬었다.

- 사업가는 말이죠? 돈 되는 일을 귀신같이 알아요. 돈 냄새 맡는다는 표현 아시죠? 제가 여기서 그 냄새를 맡아 버렸어요. 여기 계신 유지분들. 솔직히 대화 잘 통하더라고요. 왜 그런 사람들을 나쁜 놈 취급하는 거예요? 단순히 그들이 돈이 많고 욕심을 부려서? 자본주의 사회에서 돈 벌려고 열심히 사는 게 부지런하고 당연한 거 아닌가요? 그걸 나쁘다고 치부하는 게 더 나쁜 거지. 안 그래?

이픈이 다시 일어나 테이블 쪽으로 가 비스듬히 몸을 기대 걸터앉았다. 흔들리고 있는 성규의 동공을 그녀가 빤히 쳐다봤다.

- 그런 쓸데없는 정의감이 더 문제를 일으키는 거야, 멍청이들아. 스스로 만든 정의감에 취해 본능과 본성을 쓰레기 취급하면 어떻게 하니. 그런다고 통제가 될 것 같아? 절대 안 되지. 인간은 그럴 수 없는 존재야. 그나저

나, 모시 맛이 어때? 모시로 땅의 기운을 결계 친다… 참 좋은 생각이었어. 나도 그 아이디어를 이용해서 이렇게 음료를 만들어 본 거야. 촌장 당신 주려고. 확실히 효과가 좋은 거 같애! 어때 움직이기 힘들지? 땅도 얼마나 답답했겠어.

 잠깐 말을 멈춘 이픈이 이번엔 성규 앞에 있는 의자에 그와 마주 보고 앉았다.

 - 지금부터 내 계획을 말해줄게. 나는 아주 많은 모시가 필요해. 알다시피 돈을 벌기 위함이야. 모시 수확량이 많아지면 땅의 틈이 생기겠지? 그래 땅의 힘이 해방될 거야. 난 너희가 말하는 그 악한 기운이 필요하다고! 잘 생각해 봐. 땅의 악한 기운이 너희한테나 문제 덩어리지, 나에게는 도움 되는 존재야. 날 더 부자로 만들어 줄 거고. 그런데 내 계획이 아직 완성되기도 전에 나보고 나가라니! 절대 그럴 수 없지.

 이픈이 괴성을 지르며 딱딱하게 굳은 성규를 발로 찼다. 성규는 굳은 채로 의자에서 떨어졌다. 돌이 바닥에 부딪히는 소리가 났다.

□■■□

『6년 전』

- 안녕하세요. 이픈 님 되시죠?

 카페에서 아르바이트로 일하던 이픈에게 검은 양복 입은 어떤 사람이 찾아왔다. 사장님과 다른 직원이 놀래 얼른 이픈에게 가보라고 손짓했다. 이픈 역시 이렇게 차려입은 사람이 자신을 방문할 일이 없다고 생각한지라 누군지 의심했지만, 보는 눈이 많아 큰 문제가 될 것 같지 않아 앞치마를 벗고 나갔다. 테이블에 앉은 양복 입은 사람이 자기를 소개했다.

- 안녕하세요. 저는 이픈 님의 모친 되신 이설 님의 변호인 장길주라고 합니다.

- 네? 전 엄마가 누군지도 모르는데요.

- 그럴 만한 사정이 있으셨을 겁니다. 저는 최근 이픈 님의 모친 되시는 이설 님께서 돌아가시기 전, 유언과 상속을 남기셔서 이렇게 찾아왔습니다.

- 말도 안 되는 소리 말아요! 누가 바보인 줄 아나!

 길주는 이픈을 진정시키고 다시 자리에 앉혔다.

- 자, 믿기지 않겠지만 찬찬히 이것 보시고 들어보세요.

 이미 이픈이 이렇게 믿지 않을 것까지 예견한 이설과 길주는 온갖 자료를 준비했다. 부모 자녀임을 입증하는 행정서류가 나왔다. 이픈이 이설의 딸인 게 분명한, 반박할 수 없는 자료 역시 등장했다.

 이픈은 어렸을 적, 보육원에서 자랐다. 보육원으로부터 그녀가 듣기로는 그녀는 일찍이 부모를 여의고 맡겨졌다고 했다. 인간 사회나 야생은 별반 다를 게 없었다. 보호 울타리가 없는 생명체는 늘 위협 속에 노출됐다. 힘센 녀석은 이픈을 괴롭혔고, 보육원으로부터 나와도 가난이 따라와 괴롭혔다. 그래도 굴하지 않고 똘망똘망하게 컸던 이픈은 자기가 가진 능력을 살리기 위해 피나는 노력으로 제과 학교에 들어갔다. 그녀는 학비와 생활비를 벌기 위해 하루에 3개 이상 아르바이트로 돈을 모았다. 힘들어서 포기하고 싶은 나날이 이어질 때마다 자신이 처한 상황이 원망스러웠다. 살아 있어서 살았고, 죽지 못해 살았다. 그렇게 삶의 끈을 이어오던 그녀 앞에 웬 뜬금없는 모친 소식과 상속이 던져진 것이었다. 돈이 필요했던 이픈이었지만 딱히 반갑지 않았다. 오히려 긴장의 끈이 놓아지는 느낌이 났고 모든 게 무너지는 기분이 들었다. 처음 보는 장길주 앞에서 눈물이 쏟아져 나왔다. 괜히 길주의 눈에도 눈물이 차올랐다.

 길주로부터 설명을 들어보니 상황은 이러했다. 이픈이 태어나자마자 이픈의 아버지는 어떤 괴한에게 습격당해 죽었다. 당시 흑마법의 대가였던 이설은 마녀협회의 주요 보직을 맡고 있었는데, 관련 업무의 보복으로 남편이 당했다. 남편의 피살로 두려움을 느낀 그녀는 이픈마저 잃기 싫어 비밀을 지켜 줄 수 있는 보육원에 아이를 맡겼다. 이설은 다시 꼭 재기해 이픈을 찾으려고 했다. 그러나 위험한 업무가 지속되고 본인조차 지키기 어려운 순간의 연속이었다. 결국 그렇게 시간이 흘렀다. 그녀는 이픈을 다시 찾기로 한 약속보다 자신의 죽음을 먼저 맞이하게 됐다. 미안함이 가득했던 이설은 아픈 채로 이픈 앞에 나타나 짐이 되기 싫어서, 스스로 끝을 준비하며 재산과 삶을 정리했다.

이픈은 자기가 일반 사람과는 다르다는 걸 어느 정도 인지하고 있었다. 누가 찾아와 뚜렷이 이유를 알려준 건 아니었지만 감정과 상황에 따라 특별한 힘이 나왔다. 한참 뒤에 길주를 통해 본인이 마녀 후손이란 걸 알고는 능력을 쉬이 여기지 않았다. 재료 본질에 대한 이해와 타고난 조합 감각은 마녀라면 기본적으로 갖추고 있는 능력이었다. 이픈은 이를 활용해 음식을 만들었고 실력을 쌓았다. 이설이 죽고 마녀협회에서 이픈을 찾아와 영입 제안을 했지만 이픈은 자기 엄마를 그렇게 만든 마녀협회를 증오했다. 그녀는 홀로서기를 했다.

이설이 남긴 재산은 이픈의 인생 변곡점이 되었다. 엄청 큰돈은 아니었지만 자신의 가게를 차릴 수 있었다. 거기서 실력 발휘한 그녀는 돈을 모아 그 건물을 샀고 여러 직원을 두는 젊은 CEO가 되었다. 하지만 그녀는 얼굴 한번 보지 못하고 고생하며 죽은 엄마만 생각났다. 이픈은 그럴 때일수록 더 재산 증식에 집중했다. 행복한 가정, 사랑 따위는 세상이 주는 환각제라고만 여겼다. 본인이 그것들로부터 생겨났고 고통받았다고 생각했다. 자신이 진짜 행복해진 순간은 돈이 생기면서부터였다. 고로 그녀에게 답은 돈이었다.

□■□■

 어느 날, 이픈은 가게에서 떠드는 어떤 남녀의 말을 듣게 되었다. 남자가 말했다.

 - 거긴 정말 이제 가진 자들의 땅이 되었어. 통제가 안 될 지경이야. 땅은 신나서 그들의 마음을 이용하고 있다고.

여자가 심각한 표정으로 거들었다.

 - 우리 쪽도 심각하게 한산모시촌 쪽을 예의주시하고 있어. 거기 혹시 흑마법사가 몰래 활동하고 있는 거 아니지?

 - 글쎄다. 흑마법이라면 너희 쪽이 더 먼저 감지하지 않았겠어?

- 하긴. 정국아. 거기를 다스릴 특별팀을 꾸려보는 건 어떨까? 내가 생각 해놓은 후보들이 있는데.

- 특별팀? 우리 도사회에서 그걸 받아들일까? 자존심 센 양반들이라 도사 외 다른 세력과 함께하는 걸 내켜 하지 않을 거 같은데. 게다가 자기들이 실패하고 있다는 걸 인정하고 싶지 않을 거야.

- 지금 그게 중요한 게 아니잖아. 시국이 시국인 만큼 내려놓을 건 내려놓아야지.

- 그래. 난 네 말이 맞다고 생각해. 그럼 어떻게 하면 좋을까?

- 일단 내가 모아본 후보 명단과 자료를 줄게. 너도 한번 검토해 봐. 이번 작전은 마녀와 도사가 연대해서 진행해 보자고.

- 좋아. 그러면 내일 같은 시간에 여기서 만나자.

둘은 그렇게 헤어졌다. 이픈은 다른 손님이 없어 대화 내용을 들을 수 있었다. 그녀는 그들의 말을 안 듣는 척 에스프레소 기계 아래 의자에 앉아 몸을 숨겼다. 대화 중간에 나온 한산모시촌이 어디고 어떤 곳인지 검색했다. 이픈의 눈이 반짝였다.

정말로 두 남녀는 다음 날 같은 시간에, 같은 자리에 앉았다. 남자는 여자를 리리라 불렀고, 여자는 남자를 정국이라 칭했다. 리리는 두꺼운 책을 정국에게 건넨 후 많은 말을 나누지 않고 먼저 자리에서 일어났다. 이픈은 호기심을 참을 수 없었다. 정국이 일어나기 전에 그에게 다가가 말을 걸었다.

 - 저기요. 손님. 저 부탁하나만 드려도 될까요?

 - 네? 어떤 것이죠?

 - 제가 이번에 신메뉴를 개발했는데 맛 좀 봐주실 수 있을까요? 테스트 중이어서요.

 정국이 알겠다고 하자 이픈은 빠르게 음료를 만들었다. 차가운 얼음이 가득 차 있는 유리잔에 우유와 특별 제조 시럽이 어우러지면서 섞이고 있었다. 완전히 섞이기도 전에 정국은 빨대를 꽂고 후루룩 마셨다.

 - 우와! 이거 진짜 맛있네요!

 - 정말요? 다행이다. 마저 다 드셔도 돼요. 감사합니다.

 눈웃음을 한껏 장전한 이픈은 뒤를 돌아 계산대로 돌아가며 속으로 숫자를 천천히 셌다.

'셋, 둘, 하나'

- 아휴. 갑자기 배가 왜 아프지? 찬 우유 먹어서 속이 트나?

 정국은 갑자기 몰려오는 배의 통증을 견디기 힘들어 화장실로 급히 달려갔다. 이픈은 그 틈을 타 정국 자리에 있는 책을 재빨리 챙겼다. 정국이 나오기 전에 그녀는 손님이 보이지 않는 주방 안쪽으로 들어와 책이 어떤 내용인지 훑어봤다. 그러나 중간도 채 못 읽었는데 정국이 다시 화장실에서 나왔다. 그는 도저히 계속 카페에 있기 힘들다고 판단해 책이 없어진 줄 모르고 급하게 짐을 챙겨 나갔다. 그 시간 부로 영업이 끝났고 가게 문은 잠겼다.

 다음 날, 정국이 카페에 들어오자 이픈은 기다렸다는 듯이 그에게 말을 걸었다.

- 어머 손님. 어제 이 책 놓고 가셨죠?

- 어! 네 맞아요. 안 그래도 이 책을 찾고 있었어요!

 정국은 원래 책이 어떤 모습이었는지 몰랐다. 이픈은 정국으로부터 훔친 책을 복사해 사본을 만들어 챙기고, 원본에다가 자신의 프로필을 원래 있던 것처럼 넣었다. 그녀는 그 부분을 정국이 책을 분실했을 때 훼손된 것처럼 조작했다. 기존 자료가 찢어져 종이로 떨어져 있는 모습이었다.

책을 되찾고 집에 온 정국은 이에 속았고 본인의 불찰로 책이 훼손됐다는 게 티 나기 싫어 일반 도사들이 쉽게 사용하지 않는 특별 주문으로 감쪽같이 붙여놓았다. 이픈은 자신의 계획이 통해 연락해 오기만을 기다렸다.

며칠 후, 그녀가 기다리던 연락이 왔다. 하지만 그녀의 예상과 다르게 코만도 섭외 건으로 찾아온 사람은 정국이 아닌 다른 사람이었다. 이미 자기의 얼굴을 알고 있는 정국이 왔으면 대단한 인연이라고 두루뭉술 넘어가려고 했지만, 그럴 필요가 없었다. 찾아온 사람은 김성규라는 한산모시촌 신임 촌장이었다. 이픈은 자기를 보고 눈을 떼지 못하는 그가 귀여웠다. 그러나 그런 것에 마음 둘 겨를이 없었다. 그녀의 목적지는 한산모시촌이었다. 많은 돈과 사람이 모이는 그런 곳에서 그녀는 날개를 달고 싶었다.

그렇게 한산모시촌에 입주한 이픈은 실력을 발휘했고 많은 손님이 찾아오는 가게로 만들어 떼돈을 벌었다. 하지만 뭔가 성에 차지 않았다. 이 정도는 원래 있던 곳에서도 충분히 올리던 매출이었다. 코만도 일원이었던 그녀는 자연스럽게 코만도 계획을 앎과 동시에 땅의 기운, 모시의 역할 등을 알게 되었다. 그녀의 머리가 빠르게 돌아가기 시작했다. 사실 그녀는 코만도가 뭔지, 다른 멤버가 새로 입주하든 말든 상관하지 않았다. 그러나 이곳에 대해 알게 된 이상 이제는 코만도 일원이 늘어날수록 자기 사업에 방해될 거라고 판단했다. 특히 리리가 찾아왔을 때 성규와의 대화를 듣고 더욱 느꼈다.

이픈은 사본의 정보를 토대로 하수인들을 고용해 나머지 코만도 후보들을 찾아가 연락이 닿지 못하게 조치했다. 권유, 회유, 협박 등 다양한 방법을 사용했고 전혀 협조가 되지 않은 자는 조용히 없앴다. 김정국과 김성규, 리리에게 이런 소식이 들어가지 않게 후보들을 늘 감시했다.

철저한 계획과 다르게 발목은 예상치 못한 곳에서 잡혔다. 정국이 한산모시촌에 방문했을 때, 손님이 많은 이픈의 가게를 보고 이상함을 감지했다.

- 어? 저 사람은?

그제야 정국은 머릿속에서 모든 퍼즐이 맞춰지는 기분을 느꼈다.

영업시간이 마감되어 이픈이 가게를 정리할 때, 정국이 문을 열고 들어갔다.

- 안녕하세요? 여기서 이렇게 뵙네요.

이픈은 순간 당황했지만 이내 괜찮은 척했다.

- 그러게요? 잘 지내셨어요?

정국이 자리에 앉았다.

- 잠시 시간 좀 내주실 수 있죠?

- 그럼요. 잠시만요.

이픈이 따뜻한 차를 우려 내왔다. 김정국은 손사래 치며 마다했다.

- 어휴. 지난번에 주신 음료 마시고 꽤 고생했답니다? 이건 차마 못 마시겠네요.

- 하하하. 아휴 의심도 많으셔라. 이건 그냥 차예요. 그건 우유가 들어가서 더 안 좋았을 거예요. 이건 스트레스 완화에 좋은 차니까 믿고 드세요.

- 됐고요. 왜 이런 일을 벌인 겁니까?

이픈의 얼굴에는 웃음기가 만연했다.

- 무슨 일이요?

- 시치미 떼지 마시고요. 그날 책을 훔치고 본인 프로필을 넣은 거 아닙니까. 어디까지 알고 계신 거예요? 뭐가 목적이에요?

- 다짜고짜 그렇게 몰아가시니 전 뭐라 답해드려야 할지 모르겠어요. 이거 엄연히 무단 침입에 협박인 거 아시죠?

- 하… 그렇게 나오시겠다. 전 이 문제를 그냥 넘어가지 않을 겁니다. 촌장 불러서 당신 퇴촌 지시 내리게 할 거예요.

정국이 성규를 부르려고 전화를 들었다. 이쁜은 대수롭지 않다는 듯 한마디 던졌다.

- 당신도 책임이 자유롭지는 않을 텐데요?

- 그게 무슨 말이죠?

- 뭐 책을 잃어버린 것도 그렇고… 리리 님의 공적을 혼자만의 것으로 가로챈 것도 그렇고요. 이사님은 제가 그냥 머저리인 줄 아시나 봐요? 저도 나름 마녀의 피가 흐르는 사람이고요. 리리 님과의 일을 마녀협회 쪽에 알리면 그쪽이 가만히 있지는 않을 거 같네요.

- 당신이 그걸 어떻게…

- 나도 하나 물읍시다. 대체 왜 그런 겁니까?

정국은 앞에 놓여 있는 차로 목을 축이며 머리를 굴렸다.

- 별거 아닙니다. 나도 잠깐 눈이 멀었어요. 승진도 하고 싶었고 조직에서 이름 한 줄 남기고 싶었다고요. 솔직히 리리 그 녀석도 혼자서 할 수 없으니까 날 부른 거 아니

겠어요? 그리고 마녀협회랑 도사회 관계가 최악인데 무슨 연대에요. 오히려 일이 더 틀어질 것 같아 제가 알아서 판단한 거라고요.

이픈이 어이없다는 듯 그를 쳐다봤다.

- 도사라고 다 사람이 괜찮은 건 아니군요. 잘못을 인정하는 것도 아니고 그렇게 뻔뻔하게 합리화나 하고 말이고요. 당신은 그저 욕심에 눈먼 도사라고요! 저를 문제라고 몰아가지 말고 본인 문제부터 제대로 보시죠. 아니면 제가 대신 전달해 드릴까요?

- 어휴. 됐습니다. 제가 여기 온 게 잘못이죠. 처음부터 재수 없으려니까.

정국이 자리를 박차고 일어나자 이픈이 쏘아붙였다.

- 어딜 그냥 가시려고 그래요? 이야기 마무리는 하고 가야죠!

정국은 그녀의 말을 무시하고 가게 밖을 나갔다. 이픈은 정국이 시야에서 안 보이게 되자 문을 걸어 잠갔다. 정국 앞에 놓였던 찻잔은 어느새 비어 있었다. 다음 날 그녀는 정국의 사망 소식을 촌장의 입을 통해 듣게 되었다.

□■□■

　성규는 금강 하구에서 바다로 넘어가는 경계 지역에서 익사 상태로 발견되었다. 그의 사무실 책상 위에는 한산모시촌 코만도 프로젝트에 대한 회의감이 가득한 유서가 놓여 있었다. 한국도사회와 한국마녀협회, 그리고 리리는 이 사건에 대해 끊임없이 의구심이 들었지만, 누가 죽였는지에 대한 제대로 된 증거가 없었다. 성규를 가장 마지막에 만났던 이쁜 역시 알리바이가 확실했다. 그녀는 조사 당시 울면서 이렇게 진술했다.

　- 촌장님께서 가게 방문하셔서 계속 힘들다고만 하셨어요. 프로젝트도 허무하게 끝나고… 김정국 이사님 돌아가시고 난 후 충격이 크셨던 것 같아요. 저도 뭘 어떻게 해드릴 게 없어서 음료 드리고 이야기 나눈 게 전부네요. 정말 안타까워서 어떡해요. 흑흑.

　실제로 한산모시촌 CCTV에는 성규로 보이는 사람이 서점으로 들어가는 것이 찍혔고, 한참 뒤에 다시 나와 강에 스스로 빠지는 모습 역시 찍혔다.

□■□■

　- 자, 이걸 마시면 이제 촌장님 몸이 풀어질 거예요. 현

재 기억이 없어질 거고, 기분도 많이 차분해질 거예요. 편안히 쉬세요. 촌장님. 너무 우울하면 강에 들어가 보는 것도 좋을 거예요. 상쾌해지는 기분을 느껴 보세요.

이픈이 성규의 입을 벌려 다른 음료를 넣었다. 성규는 이픈이 하라는 대로 움직였다.

□■□■

『1년 후』

한산모시촌에는 거대한 공장이 들어섰다. 공장 주변은 모시가 가득했지만, 양이 부족해 여러 나라에서 수입하고 다른 지역의 모시도 들여왔다. 밤낮 가리지 않고 동결건조기가 돌아갔고 각종 오염물질 배출과 소음으로 마을과 인근 지역까지 피해가 갔다.

이픈의 가게는 날로 성장했다. 전국에 프랜차이즈가 깔렸고 돈을 쓸어 담았다. 개인 사업을 넘어 법인을 세워 《이픈월드》라는 이름을 달았다. 누가 봐도 많은 걸 이룬 이픈이었지만 그녀는 멈추기 싫었다. 공장 역시 자신의 소유로 만들고자 했다. 공장을 소유해 재료까지 해외로 팔아 더 큰 돈을 벌고 싶었다. 하지만 기존 유지들끼리 돈을 모아 세운 공장이라 이해관계가 첨예했다. 몇몇 유지는 공장을 이픈에게 팔고 손 털고 싶어 했지만, 몇몇은 콩고물이 더 떨어질 것을 기대했다. 심지어 다른 몇몇은 이픈이 너무 커지는 것에 대해 두려움 반, 질투 반을 느꼈다. 이픈의 인내심은 날로 바닥을 향했다. 더 이상 본인 편을 들지 않는 유지들을 용납하지 않았다. 그녀는 자기 편의 유지들을 후하게 대하고 넘어올 사람은 넘어오게 회유했다. 그럼에도 욕심의 끈을 놓지 못한 몇몇 유지들은 끝까지 이픈을 대적했다. 결국 이픈은 물리적인 힘을 썼다. 그녀는 사람을 보내 집안을 뒤엎게 하고 몰래 납치해 폭력을 행사했다. 또한 가족을 이용한 협박을 일삼고, 무언가 트집 잡아 소송을 하는 등 적이 숨을 쉴 수 없게 했다. 결국 이픈의 뜻에 따라 공장은 이픈월드의 것이 되었다. 이픈은 비로소 손뼉 치며 언제 그랬냐는 듯이 자기가 괴롭혔던 유지들을 초대해 달래준답시고 불러다 놓고 일장 연설을 늘어놓았다.

- 저를 사랑해 주시고 믿어주셨던 여러분들 덕분에 제가 이렇게 성장할 수 있게 되었습니다. 앞으로도 이픈월드 잘 부탁드리고 행복한 여생 되시길 바라는 마음입니다.

말 같지도 않은 이야기를 들으며 속으로 화를 푹푹 내던 유지 중 한 명인 박 사장은 연회장에 있는 술이란 술을 집히는 대로 마셨다. 만취한 그는 결국 내쫓김을 당했다. 하지만 분이 풀리지 않았던 박 사장은 열이 계속 끓어올랐다. 사람들이 그에게 관심이 없을 때 그는 덥다, 덥다고 하며 시원한 곳을 찾겠다고 동결 건조장으로 들어갔다. 그리고 거대한 동결 건조기 앞에서 끅끅대며 웃었다.

- 정말 잘 만들어놨단 말이지!

 그는 그렇게 그곳으로 들어갔다. 건조기는 평상시처럼 작동했다.

 다음 날, 아침에 출근한 근로자 몇몇이 동결 건조장 안에 있는 박 사장을 보고 소리를 질렀다. 이픈월드 측은 이를 은폐하고자 여러 노력을 기울였지만, 소문은 돈보다 빨랐다. 박 사장을 안타깝게 생각하고 이픈을 못마땅하게 생각한 유지들이 뒤에서 몰래 힘을 썼다. 이픈월드의 주식은 반 이상 떨어졌고 이픈은 검찰을 밥 먹듯이 들락날락했다. 프랜차이즈 점주들은 오너 리스크[12]를 견디기 싫다며 대규모 시위를 열었다. 연일 매스컴은 이픈월드를 파헤쳤고 과거 여러 사건까지 언급되기 시작했다. 결국 이픈월드 이사진은 이사회를 열어 이픈을 대표이사에서 경질시키고 법인 이름에서 이픈을 지웠다.

 하늘이 크림소다처럼 영롱하고 산들산들한 바람이 불어 먼지 하나 없는 그런 날, 이픈은 곁에 아무도 없이 혼자 산에 올랐다. 이제까지 위에서 아래를 바라볼 때 그토록 행복했지만, 그날만큼은 그렇지 않았다. 한없이 허무함만 찾아왔다. 허무함을 채울 무언가가 필요했다. 그녀는 아래에서 준비해 온 자신의 마지막 음료를 마셨다.

---

12) 오너 리스크(Owner risk) : 재벌 회장 또는 대주주 총수의 관련 사건이나 독단적 경영으로 회사에 큰 손해를 끼치는 것

● 에필로그

[과거 이픈월드의 소유였던 한산 모시 공장에서 큰 화재가 발생했습니다. 원인은 무리한 건조기 가동으로 밝혀졌는데요, 소방 당국은 이번 화재로 발생한 피해액이 3천억 원에 가까운 것으로 추정하고 있습니다. 다행히 인명 피해는 현재 보고되지 않지만, 공장의 모습은 불 속에 가려 보이지 않습니다…]

뉴스를 보고 있던 리리는 TV를 껐다. 위스키 잔을 내려놓은 그녀는 과거 사건으로 인해 트라우마를 겪어 마녀협회에서 은퇴한 상태였다. 그런 그녀를 찾는 현관음이 울렸다.

[띵동]

화면에 어떤 한 여성이 있었다.

 - 누구세요?

 - 안녕하세요. 갑작스럽게 방문해 죄송합니다. 저는 한국마녀협회 금미리 차장입니다. 긴히 말씀드릴 게 있어서 찾아왔습니다.

리리가 조심히 문을 열었다. 금미리 차장은 리리와도 구면인 사이었다. 한때는 같은 팀으로도 활동했던 미리는 리리와 꽤 손발이 잘 맞았다. 그녀는 리리의 소식을 들었지만, 함부로 위로한답시고 집을 찾아오고 그러지 않았다. 그게 리리를 위한 나름의 배려라고 생각했다. 리리도 그 마음을 충분히 이해할 수 있어서 서운하지 않았다. 그런데 그런 금미리가 이렇게 집으로 온 건 가벼운 일로 찾아오지 않았음을 의미하기도 했다. 리리의 취향을 잘 아는 미리는 빈손으로 오지 않고 한 손에 양주 한 병을 들고 왔다.

- 제가 뭘 좋아하는지 알고 계시네요?

- 네. 뭐 말린다고 안 마시겠습니까. 좋아하는 거라도 챙겨와야죠.

- 그나저나 차장님께서 여기까지는 어쩐 일로…

- 소식 들으셨죠? 공장 화재 건이요.

리리가 한숨을 푹 쉬었다.

- 네. 방금 뉴스 통해서요.

- 그 화재. 원인이 명백해요. 결국 땅이 기업의 욕심을 이용했어요.

- 또 졌군요. 저희가.

- 아니요. 저희는 아직 제대로 힘을 써보지 못한 거잖아요. 리리 님 프로젝트 다시 시행해 봐야죠.

- 전 이번에는 별로 참여하고 싶지 않아요. 또 사람을 잃고 싶지 않아요.

미리가 굽은 허리를 펴며 힘을 넣으려고 했지만, 다시 어깨가 축 처졌다.

- 어려운 결정일 거라고 생각 듭니다. 하지만 저희는 리리 님이 필요해요. 다시 코만도 프로젝트 시작해 보려고요.

- 아시겠지만 이전과 별 방법이 다르지 않으면 또 똑같은 꼴을 당할 거예요.

- 그래서 이번에는 한국도사회와 협력하기도 하지만, 정부와도 같이 손잡고 이 땅의 실태를 대중에게도 공개하려고 합니다.

- 우리 정체가 알려지는 게 위험하지 않겠어요?

- 저희는 대충 다른 기관인 것처럼 포장해야죠. 어차피 정확한 명칭을 공개한다고 의미가 있을까요? 마법을 사용한다는 마녀, 도사가 있다는 걸 알려준다고 해도 사람들은 믿지 않을 거예요. 더 불신만 키울 뿐일 거고요. 합류 건… 좀 더 고민해 주세요. 이번 새로운 코만도는 한자리에서 한 번에 뭉쳐볼 겁니다. 1주 뒤 화요일에 이 장소로 찾아오세요.

미리는 손 글씨가 적힌 메모를 건네주고 자리에서 일어났다. 리리는 미리를 배웅하고 테이블에 메모를 둔 뒤 이불 속으로 들어갔다.

□■□■

 한 주가 특별함 없이 빠르게 흘러갔다. 약속한 날이 다가올수록 리리는 안절부절 서성였다. 과연 가는 게 맞는 것일까, 하루에도 수없이 고민했다. 코만도 프로젝트라고 하면 아직도 김정국이 떠올랐고 갑자기 변사체로 발견된 김성규가 머릿속에서 가시질 않았다. 치료 능력이 뛰어난 마녀들이 준 묘약조차 리리에게 별 효과가 없었다. 그런데 정국과 성규를 생각하면 생각할수록 리리는 그들이 코만도 프로젝트를 꼭 마무리하기를 바랄 거라는 생각이 들었다. 결국 그녀는 미리의 제안을 수락하기로 했다.

 한산모시촌 코만도 소집장에는 많은 사람이 모여 있었다. 마법 능력이 담긴 무기와 장신구를 제작할 줄 아는 부부 기술자, 가죽과 천을 자유자재로 사용하여 깃털처럼 가볍지만 매우 튼튼한 옷을 제작하는 장인, 심리 치료와 상담 능력이 뛰어난 치유사, 그리고 정국과 성규가 있어야 할 자리를 대체하고 있는 새로운 도사 등 여러 능력자가 함께했다. 원래 코만도 프로젝트에 함께 했었어야 하는 사람들이 무려 10년이 지나고서야 제대로 모이게 되었다.

리리는 소집장에 들어와 가볍게 사람들과 인사를 나누다가 미리를 발견했다. 그녀는 누가 봐도 한국도사회의 높은 계급으로 보이는, 커다란 삿갓을 눌러 쓴 도사와 대화 중이었다. 미리가 자신에게 오라고 손짓하자 리리는 그녀에게 갔다.

- 어서 와요. 올 줄 알았어요. 여기는 한국도사회 회장님이세요.

리리는 그가 회장인 줄 몰랐던 터라 깜짝 놀라며 고개를 숙여 인사했다. 한국도사회 회장이라 하면 나이가 많고 흰 수염이 길게 나 있을 줄 알았는데 삿갓 안의 외모는 생각보다 젊었다. 회장이 그녀에게 악수를 청하며 인사했다.

- 안녕하세요. 말씀 많이 들었습니다. 코만도 프로젝트를 마녀께서 기획하셨다니… 저희 도사들은 늘 해오던 방식대로만 하면서 관리가 잘 될 줄 알고… 교만했습니다. 부족한 저희를 꾸짖고 많이 가르쳐주십시오.

- 아닙니다. 회장님. 저 또한 많이 부족합니다. 잘 이끌어 주십시오.

둘의 대화가 끝나자, 미리는 회장에게 묵례로 인사한 뒤 리리의 팔짱을 끼고 자연스럽게 둘만 대화할 수 있는 곳으로 인도했다.

- 좀 어때요?

- 뭐 그냥. 어색하고 그렇죠.

- 시간이 지나면 괜찮아질 거예요. 그나저나, 리리 님. 한산모시촌을 이제 한국마녀협회의 주도로 이끌게 되었어요. 물론 예전 같은 경쟁 구도가 아니라 도사와 각 능력자가 함께 소통하며 프로젝트를 꾸려갈 예정이에요. 팀에는 리더가 필요해요. 리리 님이 그 자리를 맡아주셨으면 해요. 이 프로젝트를 처음부터 기획하고 구상한 분이기도 하니까요.

- 아… 저는 리더할 깜냥이 되지 않아요…

- 그건 리리 님이 아니라 팀원들이 판단할 문제 같네요. 처음 맡아보는 리더 자리라 어려우실까 봐 경력이 출중한 마녀 한 분을 코만도 팀원으로 배정해 놨어요. 음… 올 때가 된 것 같은데 아직 도착하질 않았군요.

미리는 소집장 내를 훑어보고 손목시계를 바라봤다. 때마침 문이 열리고 초등학생 정도 나이로 보이는 단발머리 소녀가 들어왔다. 소녀 역시 들어오자마자 주위를 살폈다. 미리와 눈이 마주친 그녀가 성큼성큼 미리와 리리 앞으로 다가왔다.

- 오시느라 고생 많으셨어요. 제 옆에 계신 분은 이번 코

만도 프로젝트의 리더 리리 촌장님이십니다.

- 안녕하세요. 반갑습니다. 리리라고 합니다.

리리가 먼저 인사하자 소녀 역시 방긋 웃는 얼굴로 허리를 숙여 인사했다.

- 안녕하세요. 제가 많이 늦었죠?

미리는 전혀 아니라는 듯이 표정을 지었다. 그러면서 리리에게 소녀를 소개했다.

- 여기 오신 이분은 겉으로는 어려 보이지만, 꽤 경력이 깊고 능력이 출중하신 분입니다. 촌장님 옆에서 큰 힘이 될 겁니다. 이미 돼지고개 쪽을 잘 아시기도 하고요.

리리가 미리의 설명을 듣고 의아하다는 듯이 소녀를 쳐다봤다.

- 돼지고개 쪽을 잘 아신다니 좀… 많이… 놀랍군요. 실례지만 혹시 성함이 어떻게 되시나요?

소녀는 다시 한번 방긋 웃는 얼굴로 리리의 질문에 답했다.

- 저는… 마녀 리진입니다.

● 작가의 말

이 작품은 충남 서천군 기산면 광암리에서 한산면 지현리로 넘어가는 고개인 《돼지고개》를 배경으로 합니다. 돼지고개는 도적골이라고도 불리며 현재는 길이 깔끔하게 뚫려 통행에 어려움이 없지만 예전에는 험지였다고 전해집니다. 돼지고개라는 명칭은 꼭 이곳만 있는 게 아닙니다. 전국적으로 옛 지명으로 여럿 있습니다.

 이곳을 배경으로 설정하게 된 계기는 제가 지역을 조사하는 일을 하다가, 《돼지고개 전설》을 알게 되었습니다. 이 전설을 보자마자 평상시 쓰고 싶었던 주제와 결합하여 머릿속에서 글감이 떠올랐습니다. 돼지고개 전설은 이러합니다.

 옛날, 도적 떼가 가득했던 골짜기 언덕에는 행인뿐만 아니라 그 지역 주민들도 제대로 살 수 없었다. 도적 떼는 잔인하게 돈과 사람 목숨을 쉽게 갈취했다. 그러나 그곳에는 도적들도 건드릴 수 없는 두 사람이 있었다. 골짜기 위쪽에는 도사가 살았고, 아래쪽에는 과부가 살고 있었다.

 시간이 흐르고, 더 이상 본전을 건질 게 없다고 판단한 도적 떼는 도적골을 떠났다. 남은 과부와 도사는 평화롭게 살았다. 그러던 어느 날, 과부가 키우던 돼지가 집 울타리를 넘어 위쪽으로 달려갔다. 과부는 놀라서 열심히 쫓아갔지만,

> 돼지는 도사의 집으로 들어갔다. 홀아비 집에
> 들어갈 수 없었던 과부는 몇 시간 동안
> 기다렸지만, 돼지가 나오지 않아 어쩔 수 없이
> 집으로 돌아갔다. 며칠이 지나 돼지가 집으로
> 돌아오자, 과부는 돼지를 혼냈다. 그러나 돼지는
> 다시 일주일 만에 집을 나가 도사의 집으로
> 달려갔다. 이번에는 놓칠 수 없었던 과부는 도사의
> 집 앞을 가로막았지만, 돼지가 과부를 들이받아
> 과부는 넘어져 허리를 다쳤다. 이를 본 도사는
> 과부를 정성껏 간호했고, 그 과정에서 서로 정이
> 들어 부부의 연을 맺게 되었다.
> 이후 이곳은 돼지고개라고 불렸다.

 서천에서 한산 방향으로 돼지고개를 넘어가면 한산모시관과 한산모시공예마을이 나옵니다. 현재 이곳은 관광단지로 운영되고 있으며 여러 공방이 운영되고 있습니다. 매년 한산모시문화제가 개최되는데, 이는 지역의 자랑이 되는 축제입니다. 작품에서는 이곳을 악이 존재하고 욕심이 가득한 땅으로 비유하며, 행정인과 사업가를 그 악에 휘둘리는 기득권으로 묘사하지만, 이는 어디까지나 작품을 위한 설정일 뿐 실제와는 전혀 무관합니다. 이뿐 아니라 다른 설정들도 모두 마찬가지입니다. 선과 악도 사실 상대적이고 이분법적으로 나눌 수 없는 개념이라 생각하지만, 쉽게 표현하기 위해 저 단어들을 사용했습니다.

책을 쓰는 지금, 저는 한산모시공예마을에서 작은 책방을 운영하고 있습니다. 이곳에 영원히 머물지 않겠지만, 이곳을 더 알리고 싶어서, 이곳을 기억하고 싶어서 글을 써봅니다. 자신의 아이를 품고 초고를 검토해 준 동생 가엘, 저를 책과 친하게 만들어 준 우리 부모님 영식&경자 작가, 옆에서 꾸준히 응원하며 지지해 주는 아내 지선, 이 작품의 캐릭터가 되어주신 공예마을 분들 모두 감사합니다. 여러분을 코만도로 임명합니다.

돼지고개 판타지

지은이 김대겸
펴낸이 김대겸

기 획 책방앗간
편 집 김대겸
디자인 김대겸
마케팅 김대겸

발행처 책방앗간
등 록 2023년 6월 21일 제2023-000001호
주 소 충남 서천군 한산면 충절로 1102-30 책방앗간
이메일 bookmill@kakao.com

ISBN 979-11-984554-0-6

초판 1쇄 발행 2024년 8월 1일

이 책의 전부 또는 일부 내용을 재사용하려면 반드시
사전에 저작권자와 출판사의 동의를 받아야 합니다.

ⓒ 김대겸, 2024